翠眼の恋人と
祝祭の
ファントム
Suigan no koibito to syukusai no phantom

翠《すい》眼《がん》の恋《こい》人《びと》と祝《しゅく》祭《さい》のファントム

鏡《かがみ》コノエ

ILLUSTRATION：小《お》山《やま》田《だ》あみ

翠眼の恋人と祝祭のファントム

LYNX ROMANCE

CONTENTS

007 翠眼の恋人と祝祭のファントム

248 あとがき

253 キャラクター・ヴィジュアル

翠眼の恋人と
祝祭のファントム

序章

退屈だから行きたくないと、どんなに我儘《わがまま》を言っても、夏は母の田舎《いなか》で過ごすのが家族の決まりだった。

自然以外に何もない田舎は、都会育ちの少年にとって時間を持て余すだけだ。

特に苦痛なのが夜で、ランプの明かりを飲み込みそうな重たい暗闇がとにかく恐ろしい。頭からブランケットを被《かぶ》ったところで静かすぎてかえって眠れずに、毎夜遠方の親友達を恋しく想った。

変化があったのは滞在何日目かの朝のことだ。

家の外がやけに賑《にぎ》やかで、祭りでもあるのかと期待した少年は勢いよくベッドを降りた。

靴の紐《ひも》を焦る指で結わえ、寝癖《ねぐせ》も寝間着もそのままで家を出ると、前の道には大人が大勢集まっていた。隣家のおじさんもおばさんも、牛乳配達のおじさんもいる。人集《だか》りの中から母の背中を見付けると父もいた。祖父母までも揃《そろ》っていたが、誰かと話し込んでいるようで顔は見えない。

母が少年に気が付くと、小さな悲鳴を上げて駆け寄ってきた。

「今日は家から出ちゃ駄目よ。さあ、戻るの」

どうして？　と訊《き》いても教えてはくれずに、背中を押されて強引に歩かされた。

大人達だけずるい。少年がむくれると、近所の大人がすれ違いざまに妙なことを言っていた。

「めをくわれたって」

目を食われた？

少年の耳にはそんなふうに聞こえた気がして、咄嗟《とっさ》に足が止まっていた。すぐまた背中を押されたが、今の言葉が気になってしまい、母の言うことを聞かずに人集りへと戻っていた。

今度は捕まらないように人垣へ素早く潜り込んで、大人達の会話に耳をそばだてる。ひそひそと声を殺すような会話が、頭上のあちらこちらから降り注いできた。

「隣町で同じ事件があったばかりよ。新聞にも載ってた。子供ばかりが十人」

「緑色の目の子を狙《ねら》っているそうだ。きっと化け物の仕業《しわざ》だろう」

「化け物だなんて馬鹿らしい。頭のおかしな連中の犯行さ。そうにきまってる」

十人の子供、緑色の目、化け物……。頭上から降ってくる大人達の言葉の端々には恐れの色が滲《にじ》んでいる。何が起こったのだろう。その答え欲しさに人集りを抜けると、警官とともに荷車が一台、目の前を通り過ぎていった。

「ほら、下がって。見世物じゃないんだ、下がって」

いつも暇そうにパイプを咥《くわ》えている中年警官が、今朝は珍しく険しい顔つきだ。

荷台には寝間着姿の子供達が五人大人しく横たわっている。荷車の後から親らしき人達が青ざめた顔で追いかけながら、しきりに子供の名前を呼んでいた。

あの子供達は眠っているのだろうか。それとも……。

少年は一瞬恐ろしい想像をしてしまい、戸惑いに半歩後ずさった。

すぐに誰かとぶつかって、「あぶないよ」と優しく頭を撫《な》でられたが、少年は呆然《ぼうぜん》として動けない。

荷台の子供達は少年より幼いか同じ年くらいの子ばかりだ。さっき聞いたことが本当なら、目玉を食われているのだろうか……？

誰にも訊けないまま、少年は遠ざかっていく荷車を不安の瞳で見続けた。

それから間もなくして、煉瓦《れんが》敷きの道にガラガラと車輪の音を響かせながら、もう一台やってきた。

やはり二番目にやってきた荷車にも、寝間着姿の子供達が大人しく並んでいた。どこで何をしていたのかわからないが、ただ眠っているだけならいいと、祈る少年の前を荷車が横切っていく。

一台目と違うのは、小さな男の子が一人、荷台から足を垂らして座っていた。

村人達の視線を一身に受けているのに、まるで気付いていないようだ。細く白い足をぶらぶらと揺らしながら、ぼんやりと遠い空を見上げている。

その顔は、血とおぼしきもので右半分をべっとりと汚している。白金色の髪にまで黒赤色が纏《まと》わり付いていた。

何かおぞましい出来事があったことを窺《うかが》わせる証拠に、村人達がさざめきだした。

安堵《あんど》したばかりの少年は、血の赤黒さに絶句した。

「あの子だけが助かったの？　どうして？」

少年の斜め後ろで誰かが言った。

女性の一言に周囲がさざめいて、「なぜ？」「どうして？」と、不穏《ふおん》な問いかけが次々と頭上から降ってくる。少年は不安に追い打ちをかけるような言葉を絶えず聞きながら、徐々に遠ざかっていく男の子を見続けた。

顔半分を赤黒く汚しているのに、その瞳は瑞々《みずみず》しい緑に輝いていた。

ぼんやりと焦点の合わない二つの瞳がふわりと動いて、少年の視線と重なった。

「…っ」

朝露に輝く若芽のような印象的な色だ。

大人達のざわめきが聞こえないくらいに、少年はいつの間にか強く強く惹《ひ》きつけられていた。

一章

真円の月が空の天辺で輝く時刻、石畳の大通りを一台の馬車が車輪を響かせて走っていた。

イーニッドの首都ラヴィリオ市の夜は酔っ払いか娼婦か、スリで溢《あふ》れている。

煌々と明かりが点《つ》いているのは大抵が酒場で、店の前には酔い潰れて追い出された泥酔客が倒れていた。それに近付いてくるのがスリで、盗った金で女を買う。女はその金目当てに酒場へ、――と店の前だけがやたらと活気があった。

女に手を引かれて鼻の下を伸ばしている小男を、馬車の中から冷ややかに眺めながら、レイモンド・オルティスは慣れない蝶ネクタイに指を掛けていた。

潜入捜査でもなかったら、白の蝶ネクタイなんて着けることもなかったし、そもそも正装することもなかっただろう。堅苦しさと息苦しさに耐えかねて指が動くと、間髪《かんはつ》容れずに「触らない」と同僚のエドワード・ベイリーが釘《くぎ》を刺した。

「馬車を降りる前に直すって」

「そう言いながら髪を触らない」

触れる直前に今度は指を差されて、右手が手持ち無沙汰に顎《あご》を撫でた。

レイモンドは無精とがさつがよれたスーツを着ているような男だが、髭《ひげ》を剃《そ》れば少し野性味のある甘い顔立ちだ。容姿も悪くないし、これで髪を整えれば多少はモテるだろうが、刑事時代の無精癖がなかなか抜けず、色恋の話題からは長いこと遠ざかっていた。

久方振りに髭を剃り、髪を後ろに流して、慣れない正装姿は自分の目にも物珍しかった。なんたって硝子《ガラス》窓に映《うつ》る自分は二十七歳の年相応に見える。最近は三十後半だの四十だのと、やたら年上に間違われていたが、その原因は、髭と寝癖だらけの頭のせいだったのかと今更気が付いた。

伸び放題の髭を剃ったせいで、つるりとした感触がどうにも慣れず、心地悪いったらないのだ。

借り物のテイルコートしかり、髭のない顎しかり。なにより、気乗りしない任務と目の前の気難しい同僚にもだ。

「現場に到着する前には直すって」

「直す直すと言って、結局忘れてしまうことに明日のランチを賭《か》けてもいい」

「それ勝っても負けても、賭けに乗った時点で男二人で昼飯決定ってことだろうが。口説いてるつもりなら、勘弁してくれ」

「私だって御免です。お互い明日のランチを最悪の時間にしたくないのなら、到着までの僅《わず》かな時間くらい我慢してください」

「してくださいって……」

こちらが諦めるまで睨《にら》んでいるつもりなのか、エドワードは前の席で眼鏡越しに目を光らせていた。

彼も同じく正装だが、普段から模範的な着こなしをしているだけに、燕尾服《えんびふく》姿が様になっている。

一方レイモンドときたら、着崩しているつもりはないのにテイルコートがだれて見えるのは、品性の差か。

二人はラヴィリオ市中央警察の警官である。

レイモンドが現在の課に配属されて一週間。まだ慣れない部署の、七つ年上のこの先輩はいかにも几帳面で堅物な雰囲気の男だが、どうやら冗談も通じないくらいのガチガチのお真面目《まじめ》さんらしい。

ここいらで整えた髪を掻《か》き毟《むし》ってみようかという子供じみた誘惑に駆られて、指がむずむずした。

二人きりの馬車の中で一笑いも取れたら御の字だが、結局悲惨な結末しか想像できなくて、レイモンドは悪戯心《いたずらごころ》を胸の奥に封印しておいた。

「煙草は？」

ちょっと訊いただけで睨まれた。

はいはい、と大人しく諦めて窓の外を見ると、四頭立ての豪奢《ごうしゃ》な白馬車が追い越していく。厳《いか》つい紋章付きの馬車だ。ランプが灯《とも》る車内から、いかにも高級そうな黒レースの手袋と銀煙管《ぎんギセル》がちらりと見えて、みるみる遠ざかっていった。

「今の馬車も、かね」

「でしょうね。この先に貴族や金持ちが集まるような店はない。目的地は同じでしょう」

何気なく零《こぼ》した独り言に、エドワードが窓の向こうを望みながら頷《うなず》いた。

今夜の二人の任務は『アイアトン祝祭会』なる、怪しげな会合の潜入調査だ。

以前より、この会の参加者が数名失踪しているという報告があったが、被害届もなく、失踪の事実も摑《つか》めずに、酒場に漂う紫煙のごとく噂話《うわさ》だけが巷《ちまた》で囁《ささや》かれていた。

被害届もなく訴えもなければ警察は動かない。彼らも暇ではないからだ。普通なら噂は所詮噂だと嗤《わら》い飛ばすところなのだが、レイモンドが配属されたこの〝特殊な課〟は違う。火のない所に煙は立たないと言わんばかりに、噂でしかないその場所へ警官を潜入させるのだ。そして二人は今、その目的地へと向かっていた。

そろそろです。と、駁者《ぎょしゃ》が外から小窓を叩《たた》いた。

途端にエドワードが緊張した様子でずれてもいないネクタイを直している。レイモンドが少し触ろうとしただけで睨むくせに、自分はいいのかと白けながら目を細めていると、こちらの冷ややかな視線に気付いてエドワードが渋面《じゅうめん》になった。

「私は本来事務方なんですよ。そもそも警官ではなく、課長の秘書として雇われたんですから捜査なんて門外漢なんです。課長の命令でもなかったら、絶対に断っています」

「タイミングが悪かったな。祝祭会が次またいつ開催されるかわからない以上、今夜のチャンスを逃すわけにはいかないし」

散々睨まれた仕返しのように、レイモンドはくつくつと笑った。

以前は捜査一課に在籍していた経験もあり、若いが度胸は据わっているほうだ。

「本当に来るんでしょうかね」

今度はエドワードが独り言のように零した。

「誰がだ？」

「この任務。今回からうちの課と例のあそこが一緒に進めることになったでしょう」

そういや、と、すっかり忘れていたことをレイモンドは思い出して唸《うな》る。

「どこかから助っ人が来るんだっけ。あー……組織の名前は……えーと、確か、王立…………」

「王立幻象調査部《おうりつげんしょうちょうさぶ》。――通称、饗宴《きょうえん》の狩人《かりうど》」

「何度聞いても仰々《ぎょうぎょう》しい異名だな。言われたら小っ恥ずかしくなりそうだし。言うほうも小っ恥ずかしい」

「うちの課なんて足下にも及ばないほど歴史のある組織ですよ。名前の仰々しさも、意味があってのことでしょうね」

「だからって、大遅刻していい理由にはならねえよな」

「それですよ」

ふん、と鼻を鳴らして、エドワードが胸の前で腕を組んだ。

「饗宴の狩人だかなんだか知りませんけど、彼らが遅刻しなかったら私まで捜査に加わることはなかったんです。どんなに歴史ある組織だとしても、一度の遅刻で信用はがた落ちですよ。少なくとも私にはね」

「はは！　あんた、この任務がよっぽど嫌だったんだな」

本来ならば警察署で顔合わせしてから、一緒に向かうはずだった。ところが時刻になってもその饗宴の狩人は現れず、仕方なくエドワードが駆り出されることになったのだ。

馬車に乗るまでにも散々ごねて、課長が困り顔で宥《なだ》めていたのをレイモンドは思い出した。

「私は事務方なんです。現場に出るのは、そういうのが好きな連中がすればいいことだ」

「好きってわけじゃねえけどさ。でもまあ、うちの課は実績もないうえに万年人員不足だろ。警察内でもお荷物同然だし、もっと悪く言えば煙たがられてる。特殊なだけに配属された翌日に来なくなったって奴らが何人もいるって聞いたけどな」

「片手じゃ足りないでしょうね。……まったく、どいつもこいつも」

深い溜《た》め息《いき》のあと、エドワードは指先で眼鏡のズレを直した。

「あなたくらいですよ。胡散《うさん》臭い任務にも拘《かかわ》らず、嫌な顔一つせずに加わるなんて」

一週間前までレイモンドは刑事だった。しかし一課長の娘婿を麻薬密売で逮捕したのを、課長自身に揉《も》み消されそうになり大喧嘩したのだ。それだけが原因ではなく、これまでにも散々事件を有耶無《うやむ》耶《や》にされてきた。

「まあな……」

奇特な者を見る視線に、レイモンドは苦笑した。

一人の刑事が正義を貫いたところで、鼻先で金が動いて罪自体がなかったことになる。あげくの果てにはレイモンドまで買収しようと金品をちらつかされて、我慢の糸が切れた。

それが巡査に降格され、怪しげな課に左遷《させん》された理由だ。

「イマイチわかっていないぶん、怖くはねえよ。今はネクタイがきついから嫌でたまんねえけどな。それに頭もオイルでべとべとで掻き毟りてえし。とはいえ胡散臭くても仕事は仕事だ。それに俺は一課に戻ることを諦めてないからな。部署異動を願い出るには手柄の一つも必要だろ？　――まあ、そんなことより本題だ」

「本題？　今夜の任務はアイアトン祝祭会の主催が何者か調べることと、連続失踪者の証拠集めです」

「そうじゃなくて」

馬車が減速していくと、窓の向こうに大きな屋敷と大勢の人影が見えてきた。目的地に到着したのだろう。車外からも、ざわざわと人の気配や声が聞こえてくる。

いよいよ任務開始だが、先に決めることがある。

「祝祭会への参加条件は、パートナー同伴であること。つまり、ボトムとトップ。どっちがどっちだ？」

エドワードが心底嫌そうに呻《うめ》いて、両手で顔を覆いながら深く項垂《うなだ》れた。

「明日、私が出署しなかったら、原因はこれだと思ってください」

「俺だって嫌だっての。じゃ、コイントスで決めるからな。表なら俺がトップ、裏ならあんた」

「……ああ、もう何も考えたくない……帰りたい……」

「ボトムになった奴は、にこやかにパートナーに腕を絡めるってことで」

「絡められたほうは憤怒《ふんぬ》の形相《ぎょうそう》でも？」

「絡められたほうも笑顔だ」

「どちらにしても最悪です」

先輩の情けない姿を鼻で嗤いながら、レイモンドは親指の先でコインを弾《はじ》いた。

＊

大きな門の前で馬車が停《と》まり、馭者がドアを開けて二人が降りると、夜も更けて遅い時刻だというのに、辺りは大勢の人で賑わっていた。場所はラヴィリオ市の郊外にある雑木林の中の古い屋敷だ。

貴族か金持ちの邸宅か別荘だろう。

廃屋といってても過言ではないそこは、屋敷を取り囲むように煌々と松明《たいまつ》が灯されて夜の闇を遮《さえぎ》っている。

二人が来てからも、馬車はひっきりなしに到着していた。屋敷の門の外ではあちらこちらから酔った笑い声がして、人の目を気にせず抱きついたり、中にはそれ以上のことをしている輩《やから》もいる。

林以外周囲には何もなく、だからこそ招待客は早々と羽目を外しているようだ。

「悪夢だ」というエドワードの陰気な呟《つぶや》きにレイモンドは頷きたいのを我慢して、二人で屋敷の錆《さ》びた門を潜《くぐ》った。

庭には水の涸《か》れた噴水に、蜘蛛《くも》の巣だらけの石像、枯れ葉に覆われた石畳。蔦《つた》が絡みつく枯れ木に、荒れ放題の花壇。建物自体は歴史あるもののようだが、長いこと管理されていないせいか荒廃している。雨風に晒《さら》された外壁が月明かりに照らされて陰気に見えた。

外観は陰鬱《いんうつ》そうな佇《たたず》まいだが、しかし屋敷の中からは甲高い笑い声と異国の音楽が洩《も》れ聞こえていた。テラスの大窓からも艶《なま》めかしいダンスで男女がもつれ合っているのが見える。

石畳の短いアプローチを通って玄関扉まで行くと、燕尾服を着た酒樽《さかだる》のような男が「招待状を」と肉厚の手を出してきた。

エドワードがそれに応《こた》えると、男は二人を交互に見たあと胡乱《うろん》な目つきになった。

「男同士では何か不都合が？」

「俺達は役所で正式に婚姻を認められているんだ。パートナー同伴として問題はないだろう」

招待状は当然ながら偽物である。紙質からインクまで本物と違《たが》わぬほど精巧に模倣したものだが、いざ敵の目に触れる場面が訪れると緊張は否《いな》めない。訝《いぶか》しむように見られれば尚更だ。

平静を装いながらも、つい口調を早めてしまった二人に男は気付く様子もなく「どうぞ」と素っ気なく入場を許した。

「どうも。さ、行こうダーリン」

「ええ、勿論《もちろん》」

二人は一層わざとらしい笑顔になって漸《ようや》く中へ入ると、どちらともなく安堵の息を落とした。

「男同士でカップルを装うなんて、はなから無理があったんですよ」

「それに関しては、あんたに同意見だ。男しかいない課だからって、ごり押しもいいとこだろ……」

「いっそ女装くらいすれば……」

「どっちが？　おっと、愚問を言わざるを得ない状況を作ったのは、あんただからな」

「……後悔しかありませんよ。まったく」

室内に入るだけで、事務専門の先輩は疲労困憊《こんぱい》のようだ。

とはいえ、無事屋敷内部への潜入には成功した。

玄関ホールはシャンデリアに火が灯されて、昼間のように明るかった。

化粧の濃いウエイトレスが「ウエルカムドリンクをどうぞ」と、琥珀色《こはくいろ》の液体が入ったグラスを差し出した。

レイモンドはすぐに受け取ったが、エドワードは渋って手を出そうとしない。怪しげな会が出す飲み物なんて、どうせ怪しいものに決まっていると、無言の拒絶からすぐに察したが、レイモンドが代わりに受け取って、そしてにこやかに押し付けた。

「そんなに飲みたいなら、私の分もどうぞ」

「毒入りだったら、今頃床は屍《しかばね》の山だ。ただの甘ったるい酒だよ」

「怪しげな薬が入っていないという証拠はないでしょうに」

「だからって断るわけにもいかねえだろ。ただでさえ男二人で浮いてんのに、これ以上目立っちゃ困るだろうが。普通に美味《うま》いぞ。なんの酒かは知らねえけど」

「飲んだんですか？　原材料もわからないし、きっと違法酒ですよ。信じられない」

「違法酒でも美味けりゃいいいや」

二人分のグラスを早々と空にしてボーイに返すと、レイモンドは玄関ホールをぐるりと見渡した。

ホールの中は酒と煙草と香水と、いかがわしい薬のような臭いに満ちて少し息苦しい。色褪《あ》せて所々絵の具の剝《は》げた壁画に、ヒビや欠けが見える壺《つぼ》などの調度品。靄《もや》の漂う天井には夥《おびただ》しい蜘蛛の巣があったが、かえってそれがこの怪しげな会を更に怪しく演出しているようだ。

「この屋敷の前の持ち主は熱心な宗教家だったようですね」

エドワードが方々を見回しながら関心深そうにしている。

「あの壁画、女神の建国を表しています。隣のは女神の子らが各地を治めた図ですね。信仰する民の姿が多く描かれている。目に付くかぎりの絵画はどれも宗教画だ」

「へえ、詳しいんだな」

「約百年前までイーニッドの国教は女神信仰だった。歴史で習ったでしょう」

「熱心な宗教家の屋敷で怪しげな会か。廃《すた》れはじめた信仰とはいえ、因果なもんだな」

『アイアトン祝祭会』と呼ばれる謎《なぞ》めいたこの集会は、不定期なうえに開催場所も毎回変わって、調査開始から暫《しばら》く実体が摑めずにいたようだ。

無能ともいえる課がどこから今日の集会の情報を見付けてきたのかは不明だが、漸く摑んだ手がかりだ。新参者が無駄にするわけにはいかない。

だからこそ、「饗宴の狩人」なる仰々しい呼称のプロのヘルプを頼んだのだが――。

鼻がむずむずしそうな香水の強い香りにレイモンドは顔を顰《しか》めながら、人混みを縫うように抜けていく。

大広間では大道芸人が火を噴《ふ》いたり、燭台《しょくだい》が並ぶ長テーブル上で、ヴァイオリンの音に合わせて美女が体をくねらせていた。

招待客達は好き好きに愉《たの》しんでいるようだ。堕落した笑い声は絶えることがなく、紫煙が全身を包み込んでいく。

果たしてこれから何がはじまるのか、もしくはそれを確かめずに屋敷を探るべきか。

そもそも主催者が誰なのか、顔も知らなければ名前も知らない。

ここへ入るためのチケットを入手したまではいいが、あとは主催の正体を突きとめるために、二人でなんとかしてくれ。というのが課長のざっくりとした命令だった。

流石《さすが》無能な課と署内で噂われているだけのことはある。一夜の相棒は事務方だと豪語して、現場では役に立ちそうにないし、かくいうレイモンドだって配属されてまだ一週間だ。

――さて、どうしたもんか。

大広間を抜けていくと、大階段にも既にできあがってしまった招待客達が、酒瓶を赤子のように抱きながら手摺《てす》りに凭《もた》れていたり、うっとりと見つめ合い自分の世界に入り込んでいたりしていた。忘我の表情で虚《うつ》ろな目だが、皆が皆、幸せそうだ。幸せというより、惚《ほう》けているのか。

「一体なんなんだ。こいつらのヤバそうな雰囲気は」

口の端から涎《よだれ》を垂らし、へらりと笑う中年男を冷たく睨《ね》めながらレイモンドは階段を上がっていった。二手に分かれたいところだが、それを提案したところで嫌だと言うに決まっているエドワードも当然の顔で付いてくる。

「きっと原因はあの酒ですよ。もっと飲んだらわかるんじゃないですか」

「怖いこと言うなって。俺が動けなくなったら、あんた一人でやれんのか？」

「そのときは、あなたを置いて帰るだけですから」

任務とは。と、根本を問いたくなる発言に呆《あき》れながら踊り場まで来ると、壁の大時計がボーンと鳴って空気を震わせた。

真夜中にしては少々盛大な音に耳を押さえると、ついさっきまで腑抜《ふぬ》けになっていた連中が急に顔を起こして、拍手をしはじめた。皆の視線は階上へと向いて、盛大な拍手が津波のように押し寄せてくる。

二人は咄嗟に壁に寄り、彼らの真似《まね》をして手を叩くと、間もなくして二階から白衣の男がにこやかに現れた。

艶《つや》やかな黒髪を後ろに撫で付けた五十間近の男は、金糸の刺繍《ししゅう》がふんだんに施された豪華な詰め襟《えり》の衣装を着て、誰よりも堂々としていた。何より生気に満ち満ちたオーラを放っている。

盛大な拍手を受けながら、階段を一段一段と下りてくる。その後にはお付きの者らしき若い男女が、それぞれ二名、胸と陰部を薄い白布で隠しただけの心許《こころもと》ない格好で、階段を下りてきた。

確認するまでもなく、あの男が主催者だろう。

「ようこそ、アイアトン祝祭会へ！」

張りのある堂々とした声が響き渡ったそのあと、ドラが大きく打ち鳴らされて、ホールが闇に飲み込まれた。

不安と期待でざわつくなか、四方の壁に裸体の男女の幻灯《げんとう》が映された。

淫らにまぐわう絵が次々と映し出され、男と女、男と男、女と女、犬や山羊と交わり悶《もだ》え喘《あえ》ぐ姿に客は一気に興奮する。火柱が上がり、妖艶な踊り子達が異国の音楽に合わせて身をくねらせる。突然、ライトが主催の男を照らした。両手を大きく広げながらホールを見渡す男は、いつの間にか中央に鎮座したテーブルの上にいる。

「教祖様！」と多くの声が主催者を呼び、男は威厳のある笑みで応えた。

「あなた方は選ばれた！　今宵我らは愛の神髄《しんずい》を知り、真の喜びを分かち合い、そして祝うのです！」

一気に心を鷲摑《わしづか》みされるような力強く淀《よど》みのない声音だった。

鼓膜《こまく》の奥に残る響きに、レイモンドはうなじをざわつかせた。ホールにいた招待客も歓声を上げている。古い屋敷が揺さぶられるような喜びの声に、エドワードと視線を交わして露骨に顔を顰めた。

これは想像通りの、危険な会のようだ。

主催の登場に皆が夢中になっている間に、二人はそっと階段を上がっていく。階段にも大勢の客がいて、手摺りから身を乗り出して主催に熱い視線を送っている。

二階にも大きな広間があったが、酔い潰れた連中がいるばかりで、二人には気付いていないようだ。

「どうするつもりですか。主催は下ですよ」

エドワードが腕を引っ張り、小声で訴えた。

「主催の顔は一度見れば十分だし、あとは素性の特定だ。主催が二階から出てきたってことは、控え室か何かがあるんだろ。だったら行くなら今のうちだ」

屋敷は二階建てと、そう大きなものではない。上まで響くほどの主催の饒舌《じょうぜつ》で迫力のある演説を聴きながら、レイモンドは三つあるドアの一つをそっと開き、滑り込む。

レイモンドが「ドアの前で見張ってろ」と言うのに、慣れないことに嫌がるエドワードまで入ってきて、ドアの鍵を閉めた。

「入ってくるなよ。誰か来たらどうすんだ」

「そんなことよりも。ここが主催の控え室のようですね」

しらりとした様子のエドワードが言うように、ハンガーラックには派手な柄の衣装やマントが無数に掛けられ、男物の靴がひび割れた姿見の前に並んでいた。デスクに置かれたトランクやアクセサリーケースからは帽子やネクタイ、スカーフが溢れ、カフスやペンダントが散乱している。鞭《むち》だの猿轡《さるぐつわ》だのがあるのは、愛の神髄とやらに使う小道具だろうか。

布張りが所々破けたソファにも、上着やシャツが無造作に置かれていた。

「トランクの中にも手帳らしきものはありませんね。身分証くらいあればいいけど」

さっきまで消極的だった先輩が、デスクの上のトランクを早速チェックしていた。しかし直接触りたくないのか、しっかりと手袋を着用して、それでも指先で抓《つま》むようにしている。

上辺だけを撫でるような手つきのあと、最後に「何もありません」とかぶりを振った。

「毎回会場を変えてるってことは、ここは別にアジトがあるんだろうな。わざわざ尻尾を掴まれるようなものは持ってこないさ」

「なるほど。では」

どうするつもりですか？

エドワードがお馴染《なじ》みの質問をし終える前に、静かな部屋に鍵の開く音が小さく響いた。

カチンという金属音を合図に、エドワードはデスクの下に、レイモンドがソファの裏に隠れた。

生憎《あいにく》拳銃など持ってはいない。上司と大喧嘩して一課から今の部署に飛ばされて以来、銃は所持していないのだ。支給されていた拳銃も一課を出るとき返していた。

実に心許ない状況で咄嗟に掴んだのは、間抜けにも靴だった。それも女物の刺繍だらけのヒール靴だ。投げるくらいはできるが体当たりしたほうが、よっぽどマシだ。我ながら馬鹿馬鹿しくて靴を放り投げると、ドアが音もなく開いて小柄な影が滑り込んできた。

入ってくるなり扉の前で立ち止まったのは、細身の青年だ。

年頃は二十代前半くらいか、もしかして十代かもしれない。

ゆらゆらと揺れるランプの淡い光にもわかる、ほんのりと輝くような白い肌。涼しげな容貌。

シルクのようなブロンドの髪が甘い色に光っている。長めの前髪が少し邪魔そうだが、面《おもて》を僅かに傾けただけで、さらさらとした髪が滑り、隠れていた左の瞳が明かりに輝いた。

「あ」と、発するつもりのない声が、口の隙間から唐突に零れていた。

判断力を失うくらいに見惚《みと》れていたらしく、咄嗟に手で口を押さえたが今更だ。青年の双眸《そうぼう》がすっと細められて、レイモンドを凝視《ぎょうし》している。見付けられただろうが、それでもレイモンドは焦ることを忘れて彼の大粒の瞳に惹きつけられていた。

青年の瞳の中には瑞々しく美しい森があるようだった。朝の日差しを受けて輝く若葉の森だ。

朝露に濡れて、生き生きとした緑が二つの瞳に凝縮されている。その輝きに目を奪われながら、遠い昔に一度だけ見た印象的な記憶を激しく揺さぶられた。

この生命力に溢れた瞳をレイモンドは知っている。

幼心にも奇跡の色だと感動した、この瞳を……。

「いつまで隠れているつもりだ？」

青年は蔑《さげす》みを滲ませながら、こちらを見て言った。

一見してクールな印象の若者だが、その声も印象通りの愛想のない響きだ。

「まだ見つかってないと本気で思っているのか？」

見つかってしまったものは仕方ない。重たい腰を上げてソファの陰から出ると、エドワードも渋々と立ち上がった。彼はまだ見つかっていないのだから、隠れていれば隙を作れたものを。

帰ったら文句だ。先輩だろうと関係ない。レイモンドは内心舌打ちをして両手を挙げると、エドワードも真似をしていた。

「何も盗んでない。本当だ」

レイモンドの発言に、エドワードが小刻みに頷いた。

「別にそんなことは訊いてない。――あんた達、0《ゼロ》課の連中だろう」

青年の口から出た言葉に、二人は顔を見合わせて静かに驚いた。

「あ！」とまた声が出て、レイモンドは青年を指さす。

「あんた、もしかして王立なんとかの人か！」

「王立幻象調査部」

エドワードがすかさずフォローを入れた。

「それだ！　仰々しいやつだ。ったく、今頃来たのかよ。夕方には警察に来るって話だっただろうが。

てっきりもう今日は来ないのかと思ったぞ」

こんなときだけは生真面目な先輩が役に立つ。しかしいくら初顔合わせが任務初日で、それが今日だとしても、主催の控え室で出会うなんて怪しすぎる。

青年は上着の内ポケットから手帳を出して開いてみせた。

「王立幻象調査部、オリヴァー・クラーク」

「失礼」とエドワードが近付いて手帳を確かめた。

「王家の発行印ですね。信用していいでしょう」

「それ以前に遅刻が問題だろうが。今まで何してたんだよ」

「迷った」

「はあ!?　迷ったって、いつ!?　どこで!?」

情状酌量の余地もなく盛大に呆れていると、別の方向から声がした。

「まあ、そう怒らずに。久方振りの都会ですから、少し緊張しているんですよ。ね？」

三人の誰でもない穏やかな声に、レイモンドとエドワードが緊張に顔を強張《こわば》らせた。

青年までもが眉を顰《ひそ》めて鋭い視線をドアへ向けている。

そこには、いつの間にか役者然とした二枚目な男が立っていた。

今度は一体何者だ。三人の視線を一気に集めた三十過ぎの男は、途端に柔らかな大人の笑みを口元に描きながら胸に手を当てた。

「失礼。遅くなって申し訳ない。私は王立幻象調査部の調査官、リード・セシルだ。オリヴァーのサポートとして来たんだが、どうやら私が最も遅かったようだね」

ドアの前で名乗ったのは、屋敷の主人だと言われても納得しそうな、品のある男だった。

背も高く、穏やかな笑みと黒い双眼に自信と余裕が見える。

ここへ来るまでにも大勢の目を惹きつけたことだろう。燕尾服を無駄なく着こなしている様がやたらと絵になる。後ろに流したライトブラウンの髪が、幾束か額《ひたい》に垂れているのは急いで来たからか、それともわざとなのか、どちらにしても彼を魅力的に見せていた。

「オリヴァー・クラーク、私は君に逢いに来たんだ」

リードは真っ直ぐにオリヴァーの前で足を止めると、手袋を外して手を出した。

「……サポートなんて頼んでないけど」

遅れて来た二人の年の差は十歳以上ありそうだが、年の差など意に介さずに、オリヴァーはすげない返事だった。そんな彼に対して「逢いに来た」と熱烈なことを言ってきた美男も引きはしない。

「ああ……やはり君には連絡が届いていなかったようだね。サポートは私から申し出たんだ。組織の許可も得ている」

オリヴァーは関節の浮き出た大きな手をじっと見つめながらも、彼の手を取ろうとはしなかった。

リードが穏やかな笑みに苦笑を滲ませながら、ついに諦めた様子でそっと手を下げた。

そんなやりとりに胸がすく感覚を密かに覚えつつも、この奇妙な対面から、事態をどう展開していくべきかとレイモンドは思案している。

ここが怪しげな会の主催の控え室らしきことを、彼らは理解しているのだろうか。こんなところで自己紹介だなんて暢気《のんき》も甚《はなは》だしいが、リード・セシルは会話を続ける。

「というのも、君がラヴィリオ市へ任務で訪れると仲間に聞いてね。組織でも有名な君と一度逢ってみたかったんだ。近くの村で任務を終えたばかりで幸運だった。邪魔はしないよ。私だってプロだ」

「そうだとしても、サポートはいらない」

熱心に話しかける男から離れて、オリヴァーがレイモンドを見た。手には主催が脱いだとおぼしきシャツが握られている。目が合った途端に、どきりとしてしまった。

「シャツに血が付いてる」

「なに？」

レイモンドは声を零した。掠《かす》り傷程度の量ではなく、十センチ程度の染みが拭《ぬぐ》ったように筋を描いていた。

「まだ湿ってる。主催者は着こんでいたから傷の確認はできなかったが、このシャツが彼のもので、付いている血が別の誰かのものだとしたら？」

「ここで暴行か殺人が行われた可能性があるってことか。つまり失踪者は失踪したんじゃなく、会場内で殺されたかもしれない。――ああ、あり得るな」

これでも元刑事だというのに、重要な証拠になり得る血痕付きのシャツは目の前にあったのに気付かないだなんて、しかも年下の若者にお株を奪われるなんてみっともない。矜持《きょうじ》を傷つけられた。

「だが、ここに死体が見当たらないってことは、別の部屋か」

「さあ、どうだろう。シャツに付いた血が失踪者のものだとしても、別の部屋から移動できるだろうか。そこいらじゅう招待客がいるというのに」

リードが言った。確かにそうだ。

「もしかして……隠し部屋があるのかもしれませんね」

「隠し部屋って……」

おいおい、と唐突に出てきたワードにレイモンドは呆れたが、エドワードは真剣だった。

「デスクのランプの火が揺れていて落ち着く様子がない。立て続けに二人が入ってきましたけど、それにしたってずっとだ。空気の流れがあります」

四人の視線がランプに集まると、オレンジの火が戸惑ったように大きく揺らいだ。

「古い屋敷にはかなりの確率でありますよ。金庫やいかがわしい趣味のために使われていたそうですから、この部屋のどこかにカラクリ式の鍵があるかも」

エドワードの言葉に反論する者はなく、オリヴァーは室内をぐるりと見回した。リードも空の本棚を一つ一つ撫でて回っている。

一歩出遅れたレイモンドだけが、隠し部屋だのカラクリ式の扉だのなんて物語じみたワードに「マジかよ」と目を丸くした。

「ホールでの演出を見るかぎり派手好みの主催だから、意図せず注目を集めることを嫌うだろう。会がはじまるまでは、この部屋に閉じこもっていたはずだ。それにあんたの足下に女物の靴が片方だけ転がってる。だけどこの部屋に女性物の衣装や小物は見当たらない」

「あ、ああ」

さっき咄嗟に摑んで投げたやつだ。確かに片方しか見当たらないし、オリヴァーの言う通り、それ以外は男物ばかりだった。

こいつ、この僅かな時間で現状を把握したのか？　幼い外見とのギャップにレイモンドが密かに驚くなか、青年の細い指が暖炉の外枠を撫でて、装飾の溝《みぞ》を一つ一つなぞっていく。

エドワードも不慣れながらデスクの裏や壁紙の剝げた壁を撫でていた。もし隠し部屋があるとするなら、女物の靴や血の付いたシャツがここにある理由は――？

暴行？　殺人？　――いや、今の課に配属された直後に専門的な説明を受けたが、どれもこれも現実離れした内容で馬鹿にされているのかと思った。そのなかに特に聞き慣れないワードがあった。

確か……。

「オリヴァー、ここだ」

リードがレイモンドの思考を遮った。

軽く手を上げて、埃《ほこり》だらけの一枚の肖像画を指さしている。

ずらしてみると壁を四角く切り取ったようなくぼみがある。そこに垂れている鎖を引くなり、肖像画の対角に位置する隅の書棚がごとりと鈍い音を立てて横にスライドする。その隙間から暗闇が覗《のぞ》いていた。空間があるらしい。

「おいおい」

レイモンドはぼやいた。

「良くあることですよ」

エドワードが訳知った神妙な顔で言って、隠し部屋の入り口へと向かう彼らの後を追った。

レイモンドも最後に続いて中へ入ろうとすると、途端にエドワードが大きく一歩下がってきて背中と胸がぶつかった。「おい」と文句を言うと、青ざめた顔で中を指さしている。

「どうした」

三人の背中に問いかけて、間から中を覗くとレイモンドはすぐさま唸った。

「これは……」

中は黴《かび》と埃と、血の臭いで充満していた。大人が脚を伸ばして座れる程度の広さの小部屋で、若い娘が二人、虚ろな目をしながら、だらしなく口を開けて座って壁に凭れている。

一人は躰の線がはっきりとわかるような光沢のあるピンクのドレスの胸が大きく破かれて、左の乳房が喰《く》い千切られていた。ドレスは腿《もも》の辺りまで血に赤黒く染まり、膝の上には幾つかの肉の欠片《かけら》とともに、くしゃくしゃになった血塗《まみ》れのスカーフが落ちていた。

もう一人は紫のドレスの女で、深く項垂れている。こっちもスカーフがないだけで同じ状況だ。

「どうやらピンクのドレスの女性が靴の持ち主ですね。もう片方は彼女が履いている」

特に驚きもせずにリードが言い、レイモンドは女の前で膝を突いて、その首筋に触れてみた。

「まだ温かいな。脈はないし、呼吸も止まってる。だが着衣も大して乱れてねえし、泣いた様子も暴れた様子もない。隣の女もだ……ああ、こっちも胸をやられてる」

「スカーフを確認してみてください」

自分ではしたくないらしくエドワードが一番離れたところから言った。べっとりと血を吸い込んだそれを広げると、一辺の隅に金の刺繡で紋様が描かれていた。

「この紋様、招待状にあったな。祝祭会のシンボルマークだな」

「レイ、二人の爪を見て。黒ずんでいたら、決まりです」

死体を見るのも嫌なのか、一番離れたところからエドワードの指示が飛ぶ。それで思い出した。会場で死体を見付けた場合は、両手足の爪を確認すること。

出発する直前、課長に念を押された言葉だ。

レイモンドが配属された特殊な課〝0課〟が追うある者達に襲われた死体には、被害に遭《あ》ったと証明できる痕跡が残るらしい。——それが手足の爪の黒ずみだった。

「指先から根元にかけての、見事なグラデーション。二人とも両手両足すべての指にある。——これが奴らに襲われた証拠か」

襲った奴らは、なんという名だったか。聞き慣れずにド忘れしている。

「ここからは僕の仕事だ」

オリヴァーが踵《きびす》を返して、ドアへと歩きだした。

「おいっ、ちょっと！　どこへ行く！」

慌てて青年の肩を掴んだが、歩みは強かった。

「主催者のところへ行く」

薄くて痩《や》せた肩だ。一見しても細すぎる体軀《たいく》なのに、しかし緑の瞳は気丈で、鋭く睨まれた。

新緑の瞳を目にするたび自分の中の様々な感情が揺さぶられてしまうが、今は過去の感傷に浸《ひた》っている場合じゃない。レイモンドの手をつれなく払い、再び行こうとしたオリヴァーをまた強引に捕まえた。

「行ってどうするんだ！　まだ被害者との関連は何もねえんだぞ！」

「隠し部屋に捨てられていた血塗れのスカーフには祝祭会のシンボルマークがある。主催の控え室だとしたら、なぜあそこにあったのか訊くべきだろう」

「不法侵入だと逆ギレされるだけだ。しかも今は会の真っ最中だぞ。俺達以外は全員主催の味方だ。事を荒立たせて得なことは何もない」

「レイの言う通りです。我々のほうが圧倒的不利です」

ナイスサポートだ、エドワード。

「そこで人が死んでる。――いや、胸を喰われてる」

オリヴァーは怒りを押し殺すように低い声で言い、そして続けた。

「やったのは人じゃない。――ジェンティだ」

「あ……」

そうだ。と、レイモンドが目を見開いた。

エドワードも呻いていた。やっと気付いたのかとばかりに、オリヴァーが一層冷ややかな表情になる。クールな印象だけに、蔑みの視線が頗《すこぶ》る痛い。一方リードは苦笑していた。

0課に配属されてすぐに訳のわからない説明を受けたが、中でも耳慣れないワードがまさにその〝ジェンティ〟だった。

ジェンティは、約百年前からイーニッド国内で密かに出没が認められる、人を喰う化け物だ。

外見は人間と変わらず知能は高く、その正体はなんらかの方法で「悪しき者」に寄生された人間の可能性があるという。

欲望に忠実なジェンティは個体差こそあれ狡猾《こうかつ》で、あらゆる手段で人を惑わせては餌食《えじき》にする。

捕食された被害者は両手足の指すべての爪先が黒く染まり、生存者はほとんどいない。

またジェンティ自身の血液も黒いことから、捕食されると躰が汚染されるのではないかと推測される。

人を喰らう化け物がいるなんて、説明を聞いても俄《にわか》には信じられるはずもなく、忘れかけていたワードを出されて、詳細を思い出したレイモンドは絶句してしまった。

そもそも0課に配属されるまでジェンティなんて化け物がいることすら知らなかった。その存在そのものが秘匿《ひとく》されているせいで、0課の活動もまたその目的も公にはできないのだ。署内で異端視されるのは当然だった。

「あ、あの主催が、そのジェンティだって言うのか？」

「ジェンティの血は黒い。主催がもしジェンティなら、協力してくれるとは思えませんから少々手荒な確認方法になります。しかしオリヴァー、ここは人が多すぎる。どうするつもりですか？」

リードが口早に答えて、更に問う。

「人の多さは関係ない」

「関係ないって……おいっ」

怪しげな会合に、怪しげな組織がやってきて、怪しげな何かをどうにかする気のようだ。

厄介なことが起きる気配にレイモンドは一層焦る。今度は堂々とドアを開けて出ていってしまったオリヴァーを、レイモンドは慌てて追いかけた。

「おい、一般人を巻き込むな。主催が怪しいなら、とりあえず隔離して尋問する」

「それは今の現状を見てから言え」

「なに……？」

気が付くと視界が白く煙っていた。

「なんだ、これ」

一息吸った途端に甘く気怠い香りが肺に染み込んでくる。

異国の薬草か、はたまた麻薬か、噎《む》せるほどの濃い臭いにレイモンドは口を押さえて顔を顰めた。背後でエドワードが激しく咳《せ》き込んでいる。リードも口に手を当てながら、品のいい顔を険しくさせているが、ただ一人、オリヴァーだけは顔色一つ変えず、滑るように階段を下りていった。

「おい、オリヴァーッ」

レイモンドは後を追った。

何度止めても翠《みどり》の瞳の青年は勝手に行ってしまう。そんな姿がレイモンドを小さく苛立《いらだ》たせた。幼い記憶に刻まれた瞳もそうだ。こちらを見てほしいのに、別のどこかを見るばかりで、レイモンドを見ようとしてくれなかった。

あいつなのか？

本当に、あの子なのだろうか。

遠い昔に見た瞳の色と、オリヴァーのそれが強く重なっていた。

——守らなければ。

胸の内で強く誓って階段を駆け下りる。

二階ホールと同じく大広間も白煙が充満していて、息苦しいほどだった。甘ったるい香りにレイモンドは幾度か咳き込んだが、大広間の招待客は恍惚《こうこつ》の表情でいつの間にか置かれた香炉の周りに我も我もと集まり、煙を大きく吸い込んでいる。

皆が皆、だらしなく着衣を乱し、中には裸体の者もいる。誰彼構わず交わり合い、唾液と汗と精液が飛び散り、羞恥を忘れた獣の嬌声《きょうせい》がいたる所で上がって、ホール全体が痴態に塗れていた。煙のせいなのか、見ているだけでくらくらしてきた。

「乱交パーティならそう言え」

祝祭会だのと大層な名前を付けやがって。

レイモンドは舌打ちして、床でもつれ合う連中を押し退けながら、オリヴァーの華奢《きゃしゃ》な背中を追った。彼はホール中央、大テーブルの上の主催へと、ただ真っ直ぐに向かっている。ラリッた招待客を避けることもなく、背中やら腹やらを容赦なく踏みつけながら一直線にだ。

艶めかしい声があちこちで上がるなか、彼の通った後には悲鳴が上がっていた。けれどそれも束《つか》の間《ま》、痛みすら快感になるらしく、レイモンドが同じルートを辿《たど》る頃には一層淫らなプレイに発展している。

「オリヴァー！」

白髪紳士の股の間に顔を埋めている禿頭《とくとう》紳士の背中を跨《また》ぎながら、大声で名前を呼んだ。

あと少しで手が届きそうな距離なのに、そのあと少しが届かない。もどかしさに一層苛立ちを募らせていると、漸くオリヴァーが振り返った。

ああ、やっとこっちを見てくれた。安堵の息が零れると、喉が嗄《か》れたように痛んだ。

「隣国で流行《はや》っている麻薬だ。吸い過ぎると中毒になる」

「……もう遅いかもな。というより、もっと早く言ってくれ」

一つ呟き込んでレイモンドは返した。仮に無事だったとしても、この会の参加者連中は手遅れだろう。完全に我を忘れている。

なによりヤバそうなのはテーブルの上で女に被さっている主催だ。レイモンドが凝視すると、オリヴァーがテーブルに飛び乗った。そして上着の襟足を摑み、女の上からその躰を一気に引き剝がす。

ぎゃっ、と潰れた悲鳴を上げて主催の男が仰向けに倒れた。顔半分が赤い血で汚れて、首や胸まで穢《よご》している。男は女の胸の肉を喰らっていたのだ。虚ろな目がぐるぐると回っていた。

若い女は階段ですれ違ったお付きの一人だ。胸を赤く染めながら一糸纏《いっし》わぬ躰で横たわり、陶然とした表情で天井のシャンデリアを見ている。隣にも同じようにぼんやりとした眼の美女がいたが、胸の辺りの肉は喰われ、血で見るも無惨になっていた。

「こんな状態でも尋問ができると？」

男の髪を摑み強引に顔を起こしたオリヴァーは、綺麗《きれい》な顔が勿体なく思えるほどに無愛想で、顔を赤く穢した男よりも残忍に見えた。

「こ……」

これは、なんだ。

レイモンドが一瞬返事に詰まったのを答えと判断したのか、途端に興味なさげに視線が逸《そ》れて、主催の男へと向けられた。

何をする気だ。

「お、おい！」

レイモンドは叫んだ。

オリヴァーは男の後ろ頭を摑み、容赦なく床に打ちつけた。

レイモンドの驚く声と鈍い音が重なり、嬌声が掻き消される。慌ててテーブルに飛び乗り、オリヴァーの手から男の頭を引き離した。

「いくらなんでもやりすぎだろう！　おい、大丈夫か!?　しっかりしろっ」

床に突っ伏したきり動かない男を仰向けに横たえると、「あぁ！」と絶望の声が出た。

「お前！　これっ！　あきらかな傷害だぞ！」

男の顔の上半分が陥没しているではないか。眉毛から頭頂部まで綺麗に真っ平らになっていて、だらしなく開いた口から呻き声が洩れている。骨が変形するなんて、一体どれほどの力でやったのか。

「とにかく医者だ！　こいつの怪我《けが》もヤバイが、女二人も重症を負ってる。ここにいる中毒者連中もどうにかしねえとっ」

「離れてろ」

オリヴァーはレイモンドの腕を振りほどいた。

どこまでも冷徹な態度に、レイモンドはカッとなった。

「それはお前に対する言葉だ。いいか、こいつは頭のおかしい愛と肉欲の教祖様かもしれねえけど、お前もお前だ。やっていいことと悪いことがあるだろう。おい、エド！　医者だ！　こいつら医者に連れてくぞ！」

どこにいるんだか、姿の見えない一夜の相棒を呼ぶが返事がない。まったく役に立たない男だ。苛立ちに舌打ちしたそのとき、男が弾むように半身を起こして、突如レイモンドの首を絞めてきた。

「が……っ」

筋《すじ》どころか骨に指が食い込むほどの力強い締め付けに、一気に血流が止まった。

「ぁ、あ……ッ」

酸欠にカーッと顔が熱くなり四肢が強張る。顔上半分を陥没させた男は、さっきまで虚ろだった目を充血させながら、歯を剝《む》き出して残忍な笑みを浮かべていた。

「今ので目が覚めた。ああ、酷いな。いい気持ちだったのに……愛に満たされていた」

ぎりぎりと爪が皮膚に食い込み、鋭い痛みが血管を破いていく。

視界が赤と黒に明滅していた。男の力に圧《お》されて、血だらけの台に尻を突く。

この力はなんだ。人間じゃない。

酸素を吸えるわけもないのに、はくはくと口を開けたレイモンドの背後で、オリヴァーの大きな溜め息を吐《つ》く音がした。

「だから離れてろと言ったんだ」

馬鹿にした口調に苛立つ余裕もなく、呻き声も出せずに不本意な死を覚悟しかけた直後、鋭い蹴りが男の顔にヒットした。また表現し難《がた》い鈍い音がして血塗れの陥没顔が横に飛ぶ。

盛大に蹴られた男はテーブルの上から落ちて、裸体だらけの床で身悶えしていたが、のろりと半身を起こして、にやりと嗤う。今度は右の顔半分が陥没して、左側が大きくひしゃげていた。

それを見て、化粧の崩れたマダムがけらけらと笑った。滑稽《こっけい》で不気味で最悪だ。そして最高に怪しげだった。

「わかったぞ。おまえ達、饗宴の狩人だな」

男が重たく嗄れた声でオリヴァーを指さしたが、その指があらぬ方向に曲がっていた。

「あたり。アイアトン・ジェンティ。お前を狩りに来た」

「その前にお前の心臓を喰ってやろう」

こいつが――この顔のひしゃげた男が、人を喰らう化け物〝ジェンティ〟。

はじめて見た異形の存在は、しかし〝化け物〟ではなく、人の形をしていた。その姿で人を喰らうのか。ただ驚くばかりのレイモンドの前で、オリヴァーが男に飛びかかった。待っていたとばかりにオリヴァーの細い首めがけて、ジェンティが手を伸ばす。

「オリヴァーッ」

小柄なくせになんて無茶で無謀な戦い方だ。さっきまでジェンティの力に圧倒されていたレイモンドは、骨に食い込む指の強さを知っている。案の定首を絞められたオリヴァーは苦痛に綺麗な顔を歪《ゆが》めていたが、その目には狩人と呼ばれるだけの力強さがあった。

「ぐあぁ……ッ」

先に苦悶の声を上げたのは化け物のほうだった。

オリヴァーは男の胸を両手の拳《こぶし》で押した。

するとジェンティのひしゃげた顔がみるみる赤黒く変化して、引き攣《つ》った口の隙間から泡が出てくる。

「貴様ぁ!」と嗄れた絶叫を上げ、憤怒の形相でジェンティがオリヴァーに覆い被さり、その首を更に強く締め上げた。

「おい!」

まずい。ジェンティがどれだけ力があってどんな能力を持っているのかわからないうえに、体格差は頭一つ分以上ある。一回りも小柄なオリヴァーでは押し返すこともできず、首を絞められたままガクンと膝を折った。

背を向けた体勢なので彼の表情は見えないが、放ってはおけない。レイモンドは咄嗟にテーブルから男めがけて蹴りをお見舞いしてやった。

男が後ろに吹っ飛び、オリヴァーの躰が床に倒れた。

「大丈夫か!?」

レイモンドに助けられたオリヴァーは激しく咳き込んでいた。その手には血塗れのナイフが握られている。ジェンティが悶えた理由はこれか。オリヴァーは息が整わないまま、顔を覗き込んでいるレイモンドをギッと睨み付けた。

「僕じゃなく、あいつを……っ……早く、おさえろ……！」

「ああ、クソッ……！」

こっちに気を取られているうちに、化け物が濃い煙の中を逃げようとしている。寸前で捕らえ損ねて、三段腹の中年男に足を取られた。クソッと、また悪態を吐いて追いかける。

四人の潜入捜査に応援は来ていない。外は夜だ。出られたら厄介だ。

――しかし、そんなときにかぎって、タイミング悪く災難は重なるものだ。

固く閉ざされていたホール入り口の扉が、重たげにゆっくり開いていくのが見えた。

「扉を開けるな！」

化け物がけたたましく嗤い、レイモンドは叫んだ。

「何言ってるんですか！　中毒死しますよ！」

この状況に気付いていないのか。いつの間にか階段を下りていたエドワードが躊躇《ちゅうちょ》なく扉を開けてしまった。香炉から立ち上る煙の流れが大きく変わって、理性を失ったジャンキーどもが亡者のように煙を追いかけて外に出ていく。

ただでさえ足場が悪いのに、邪魔者が一気に増えてしまった。どけ！　と、乱暴に掻き分けて進む視界に、銀製の甲冑《かっちゅう》が映った。レイモンドは咄嗟に甲冑の持つ斧槍《ふそう》を摑んで振り回したが、その勢いで二、三人が倒れると、悲鳴と怒声が上がって取っ組み合いがはじまってしまった。それを何かの騒ぎと勘違いした連中がよたつきながら出口へと走っていくと、あとは我先にと競うように全裸の大人達が揉みくちゃになっていった。

騒ぎの中を一匹の化け物が逃げていく。レイモンドも後を追う。

あと少し、あと少し。逃げ惑う人々の隙間からひしゃげた頭が見えて、レイモンドは先が鋭く伸びた斧槍を構えた。

オリヴァーが上半身を起こして叫んだ。

「左胸を狙え！」

「おおう！」

野太く返事して、レイモンドは一気に、そして躊躇《ためら》うことなく背中を貫いた。

ぎゃあああああ……！

間近でそれを目にした女達が甲高い悲鳴を上げて、つんのめりながら逃げていった。

雪崩《なだれ》のように重なりながら我先にと逃げていく様を、レイモンドは微動だにせず見続ける。時折誰かの肩とぶつかって蹌踉《よろ》めくたび、斧槍に背中を貫かれた化け物も一緒に上体をふらつかせた。

ほどなくしてホールが静寂を取り戻した。

広い室内には酩酊《めいてい》した中毒者が数名転がっているだけで、他は男女の衣服が鮮やかに床一面を彩っているだけだった。

香炉は未《いま》だ煙を上げ続けているが、それに群がる者は一人もいない。テーブルの女性二人の遺体と、オリヴァー、レイモンド。そして斧槍で貫かれたきり、声も発さないジェンティと呼ばれる男の化け物が一匹。

エドワードはどこへ行ったのか、こっちがピンチになる状況を作っておいてそれっきり姿が見えない。それにリードも。

「……こいつ、死んだのか？」

視界の隅にオリヴァーの姿が見えて、レイモンドは漸く我に返った。

人ならずとも、一応は人の形をした者に決死の一撃を与えてしまった。銃だって人に向けて撃ったことはないのに、いきなり斧槍だ。しかも先が鋭利なニードルタイプのやつ。さっき必死で力を振ったことを思うと、きっと胸まで深く貫いている。

頭はひしゃげているし、顔半分は血塗れだし、一見して怪しい男だとは思うが、これは化け物ですと他者に訴えても通じるだろうか。

「おい、なんか言えよ。なんとかの狩人ってのは化け物討伐の専門家なんだろ。俺、殺しちまったか？」

今更ながら、いろいろな意味で怖くなってきた。

「ジェンティは槍《やり》で貫かれたくらいでは死なない。僕がとどめを刺すから、そのままで」

「トドメって、何をするんだ？」

「説明したところで、あんたにはできない」

どこまでも冷たく素っ気ない反応だが、プロゆえだと言うなら従うしかない。

レイモンドがじっと斧槍の柄を握り締めていると、男の躰がビクビクと痙攣《けいれん》しながら、振り返ろうと上体を捻《ひね》った。

柄が動いて、レイモンドがまた蹌踉めく。強い力だ。心臓を貫かれても尚、これだけ動けるのか。

「く……っ」

動きを止めようとして柄を尚も強く握り締める。

踏み耐えながら歯を食いしばるレイモンドを、男の赤く充血し見開かれた目が凝視した。既にその顔は青ざめ紫に変色して、目が合うなり搾《しぼ》り出すような低い呻き声を漏らしている。引き攣って筋が浮き出た手が、レイモンドめがけてわなわなと震えながら伸びてきた。

到底触れられるような距離ではないが、男の気迫にレイモンドが喉の奥で呻いたそのとき——。

パン！

甲高く弾ける音がして、全身を鞭で打たれたような痛みとともに目の前が真っ黒に染まっていた。

まさに一瞬の出来事だった。

何が起きたのかわからないほど刹那《せつな》の時間だ。

「…………は？」

訳がわからずに瞬《まばた》きすると、額からどろりとコールタールのようなものが垂れてきた。それがべちゃりと音を立てて床に落ちる。何かと思って俯《うつむ》くと、漆黒《しっこく》の燕尾服がどろどろになっているではないか。

しかも気が付くと斧槍に貫かれていた化け物は消え、ニードルが空を刺していた。

「……は？　……はあ!?」

目を丸くしながら間抜けな声を上げるレイモンドの隣で、オリヴァーが無言のまま直立している。

「……なに？」

驚いた様子の彼もまた全身コールタール塗れの、どろどろだ。金色の髪も白くて涼やかな顔までもが大変なことになっている。

「こっ、これが、お前の言う、とどめか!?」

狩りの仕方も無茶だったが、とどめの刺し方もかなり乱暴だ。

本人のクールな印象を裏切って、繊細《せんさい》さの欠片もないことに、レイモンドは面食らった。

おもわず声を裏返すと、オリヴァーが顔に付いたそれを手で拭い「違う！」と不機嫌に言い放って、大広間を大股で出ていった。

「じゃ、なんだよ、これ！　今お前が何かしたんじゃねえのか！」

さっさと行こうとするオリヴァーを、レイモンドはまた追いかける。小柄な彼は足が速い。

「しようとした直後に勝手にこいつが弾けたんだ！　僕は何もしていない！」

「はあ？　勝手に爆発したってのか？　そんなわけ」

「寧《むし》ろあんたじゃないのか？　僕の命令も聞かずに口出しばっかりして！」

「口出ししたからって、爆発するわけねえだろ。それに俺は口出しばっかりしてたわけじゃねえだろうが。最後は言う通り、左胸を狙った」

「だったら僕の指示が悪かったっていうのか？」

「そうとしか考えられねえだろうが」

言い争っている間も、髪の先からぼたぼたと黒い塊が落ちてくる。本当に鬱陶《うっとう》しい。そして隣の狩人様は謙虚というものを知らない。だからこそ余計に食ってかかった。

「僕はプロだ。そんなミスはしない！」

「素人だろうが玄人だろうが、見ろよ！　俺達の格好！」

胸を叩くと、ビチャと粘りけのある音がした。確かめたくはないが指に何か絡みついている。

何から何まで最悪だ！

二人に気付いて、会話を遮るようにエドワードが声をかけてきた。隣にはリードがいる。

「ああ、待ってましたよ――って、うわっ」

玄関ホールで待っていた彼らは、二人を見るなり神経質な顔を顰めながら、一歩二歩と後ずさっていく。近付くなとばかりに、手を前に出して間合いを取っている様子に、別の意味で腹が立ってきた。

「お前ら、今まで何してたんだよ。こっちは死にそうなほど大変だったんだぞ」

「オリヴァーがいるから大丈夫だと判断して、私達は換気するためにホール前の鍵を開けに行ったんですよ。ああ、ちょっと近付かないで！」

リードが上品な顔に似合わず焦った声で言った。隣でエドワードがしきりに頷いている。

「そ、そうです。大勢の麻薬中毒者を放ってはおけませんから、馭者に頼んで医師や警察の手配をしてきたんです！　ああ、ちょっと、もう近付かないで！　なんですか、その正視に耐えない悪夢のような格好はぁ！」

「うるせぇ！」

「うるさい！」

レイモンドとオリヴァーは声を揃えて、二人を睨んでいた。

＊

現場は駆けつけた一課とリードに任せて、三人がラヴィリオ市中央警察署へ戻ったのは真夜中すぎだった。

元ジェンティだったものに全身をコールタール塗れにされたレイモンドとオリヴァーは、エドワード曰《いわ》く悪夢のような格好のおかげで幌《ほろ》付き馬車の中には乗せてもらえず、嫌がる馭者の隣で夜風に吹かれ冷やされながら署まで戻った。

何はともあれ躰を洗いにシャワールームへ行った二人は、それぞれ隣り合った個室に入った。

ここはここで猛烈に冷える。署内でも奥まっていて日の当たらない位置にあるせいで、石の床と壁から一年中冷気が漂っているのだ。しかも湯が出ない。水を沸かす設備はない。

そして貯水タンクまでが日陰にあって、水はキンキンに冷えていた。

新人時代にはじめてここを使うとき先輩警官から「拷問室だぞ」とニヤニヤしながら忠告されたが、まさにその通りだと思っている。

今夜も芯から凍《こご》えそうな冷気に、背筋を震わせながら水を浴びると「ぎゃっ」と悲鳴がでた。

「く、クソさっみぃ！」

床を流れる水が黒色から透明になっていくまで堪《こら》えていると、奥歯がカタカタと鳴りはじめる。

「おい、冷え切る前に洗い落として、さっさと出ろよ。風邪ひいちまうからな！」

隣にいるはずのオリヴァーからは返事がない。

水の流れる音がしているから、まだ出てはいないだろうが、少し気になって肩の高さまでしかないドアの上から隣を覗き込むと、いきなり顔の真ん中に拳が入った。

「覗くな」

「いっだあ……！　お前なあ……っ」

冷え切っていたぶんだけ痛みが鋭く感じられる。顔を押さえながら個室を出て、ベンチに置いたタオルで鼻を押さえたが、幸いにも鼻血は出ていないようだ。

「返事がねえから、ぶっ倒れてんじゃねえかと心配したんだ」

「倒れる理由がない」

シャワーを止めてオリヴァーも個室から出てきた。

「それとも、ここの警官は冷水を浴びたくらいで卒倒するのか？」

「あ、……いや、そ、そうじゃねえけど……」

ドアが開いた途端に華奢な裸体が目に飛び込んできて、反論の言葉が喉元で止まってしまった。

華奢なうえに白い。冷水を浴びて血の気を失っているせいもあるが、細すぎる躰に青ざめた白い肌が薄氷のように危うげな光沢を見せていた。

滴《しずく》を垂らした金色の濡れ髪が、重たげながらも毛先を弾ませていた。長い睫毛《まつげ》までが艶やかで、濡れたことで一本一本が際立って見える。――なにより、水気を帯びて美しいと感じたのは、薄暗い部屋でもわかるほどの、二つ輝く新緑の双眸だ。

レイモンドは躰を拭くのも忘れて、目の前のオリヴァーに見入っていた。

シャワーはまだ出しっぱなしだし、全身から冷たい滴を垂らしているが、そんなことはどうでもよくなるほどに釘付けだ。

感嘆するほど美しい。素直にそう思わせる瞳は、あまりにも魅力的だった。

「じろじろと見るな」

不躾《ぶしつけ》な視線に気付かれて、また顔のド真ん中に拳が入った。

「いってえっ。お、お前さ、手加減って言葉を知らねえのか」

「知らないんじゃなく、そうする理由がないからだ」

「理由って、そんなんで本気で殴るな。しかも拳で！」

「だったら変態覗き魔に手加減する利点を言ってみろ」

「だからそれはお前を心配したからでだなっ。それ以前に、俺は変態でも覗き魔でもねえよ！」

タオルで痛む鼻を撫でながら、レイモンドは早口になっていた。

「じろじろ見たのは、歳《とし》は幾つか知らねえけど、細すぎだからだ。ちゃんと飯食ってんのか？」

年上として心配しながらも、ついつい視線は目の前にある躰のラインをなぞってしまっている。

いかんいかん、と、頭の隅で思いながらも、胸の尖《とが》りの小ささだとか、色の薄さだとか、いらぬ発見をしてしまい、気持ちが一層焦った。

こちらの疚《やま》しい視線など気にもせず、オリヴァーは黙々と着替えている。仮支給された無地のシャツと、だぶだぶのズボン。そして靴の代わりのスリッパ。正装から一気に庶民的なスタイルになると、一層幼さが際立った。

「成長期にちゃんと飯食わねえと、大きくなれねえぞ」

「二十五」

「――は？」

「二十五だ。成長期は終わってるから余計なお節介はするな。迷惑だ」

「に、二個下!?」

それにしては細すぎだし、見かけが若すぎだ。

指を差して盛大に驚いたレイモンドを、オリヴァーは舌打ち交《ま》じりに鋭利に睨み付けて、シャワールームを出ていった。

一方まだ頭から滴を垂らしていたレイモンドは、濡れたままでベンチに腰掛けると、はあ…と吐息交じりに肩の力を抜いた。

「二個下か。……そうはまったく見えねえが」

二十代前半か十代後半くらいだと思っていたが、二個下なら思い出のあの子と同じくらいか。

「……まさかな」

でも。あの瞳の輝きは。

いや、でも。――躰が冷え切ったせいか、思考が勝手に回っているし、網膜《もうまく》には白く若々しい躰が焼きついていた。幼さを帯びた横顔と、滑《なめ》らかな光沢を帯びたその髪を繰り返し再生していると、よからぬ衝動に駆られそうな気持ちになる。

冷水を浴びて冷え切った躰が心なしか熱い。特にどことは言わないが、あきらかに熱を持ってしまった気がする。

単にあの煙を大量に吸い込んだせいかもしれないが、らしくない反応にばつが悪くなった。

レイモンドは漸く濡れた髪をタオルで乱暴に拭いて、そしてさっさと出ていった青年に呆れ笑った。

「綺麗な顔して、無愛想で可愛《かわい》くねえ奴だな」

けれど、自分の中で一方的な心配や保護欲が消えていることに、レイモンドは気が付いていた。

二章

二ヶ月にわたる捜査の末、学生ばかりを狙った麻薬密売人を逮捕したのはレイモンドだった。

隙あらば手柄を横取りする先輩刑事達が、なんの気まぐれを起こしたのか、「お前が逮捕しろ」と背中を押してくれたのだ。これまでにも様々な捜査に加わってきたが、レイモンドが直接犯人を逮捕したのはこれがはじめてだ。先輩達に漸く一人前と認められたような気がして嬉《うれ》しかった。

ところが、レイモンドが席を外していた僅かな時間に、一度の取り調べも行われず密売人は釈放されていた。先輩達に理由を聞いても、皆が皆「知らない」の一点張りだ。そんなはずはない。

一課のよそよそしい空気を感じて、レイモンドは異変を察知した。

すぐさま課長を問い詰めると、

「事件ははじめからなかったし、あいつも無関係だ。もう忘れろ」

信じられないことを言われて、デスクを叩いた。

「あんたが逃がしたんだな」

「話は終わりだ、レイモンド」

「夜食の買い出しに行けなんて、普段なら言わねえようなこと急に言い出すから、おかしいと思ってたんだ。やっと捕まえたんだぞ？　捜査の間だって、二十歳《はたち》にも満たない大勢の子供が中毒になってる。世間体を気にした親に口止めされてた子供達を根気よく説得して、漸く犯人の正体を摑んだんだ。それを釈放ってなんだよ！　あいつが無関係だって？　ふざけんなッ」

「ふざけているのはどっちだ、レイモンド。お前は誰に物を言ってる。自分の立場を弁《わきま》えろ！」

「弁えてたら、あんたの娘婿なんて逮捕しやしねえよ。こっちだって覚悟の逮捕だったんだ。あんたこそ現実を受け入れて、親として罪を償《つぐな》わせるくらいしろよ！」

悪びれぬ課長の態度にカッとなって咄嗟に胸倉を摑むと、先輩達から羽交い締めに遭った。

胸倉を摑む手を強引に引き離される。それでも尚、腕を振り払い、抗《あらが》おうとするレイモンドを数人がかりで押さえつけてきて、最後は力及ばずに床に膝を突いた。

「熱血なのは結構だが、少しは大人になれ」

「子供を食い物にするような売人を野放しにしておいて、大人になれだって？　正気かよ。あんた達もだ！　こいつから幾ら貰《もら》ったんだ！　刑事としてのプライドはねえのかよッ」

「落ち着け、レイ！」そう言って、数時間前に「お前が逮捕しろ」と背中を押してくれた先輩が、抵抗するレイモンドを後ろ手に摑み、肩を押さえた。なるほど。レイモンドに逮捕を譲《ゆず》ったのは、上司の娘婿を逮捕するという責任を負いたくなかっただけか。少し考えたらすぐにわかりそうなことなのに、一瞬でも浮かれてしまった自分が馬鹿馬鹿しく思える。

「少しは利口になれって。それに俺達には家庭がある。……刑事の給料だけじゃ、やってけない奴らだっているんだよ」

「だからって、刑事が犯罪を見て見ぬふりをするなんて、間違ってるだろうが！」

容赦のない力に肩の関節が軋《きし》む。床に付きそうなほど胸を落としながら苦痛に顔を顰めるレイモンドの前で、課長が膝を突いた。

「麻薬絡みの事件なんて、はじめからなかったんだ。そうだろう、レイモンド」

顔を覗き込まれて、レイモンドは鋭く睨み返してやった。

「これからも刑事を続けたいだろう。お前はまだ若いんだ、その気になればいくらでも出世できる。──そうだな。まずはいいスーツを買え。髭も剃って、少しは身なりを整えろ。美味い飯を食って、高い酒でも飲んだら、些細《ささい》なことなんてすぐに忘れるだろう。──な?」

何が出世だ。何が些細なことだ。

これまでも何度となく努力を無駄にされたことはあったが、無理矢理に紙幣を握らされた瞬間、もう我慢ができなかった。

＊

ぎゃあぁああ。──と、嗄れて苦しげな声に邪魔されて、レイモンドは目を覚ました。

「あの馬鹿猫ぉお……」

枕で耳を押さえながらレイモンドが低い声で唸ったって、窓の向こうから漏れ聞こえてくる呪いの声には敵《かな》わない。枕を壁にぶつけて飛び起きると、窓を開けて隣部屋めがけ怒鳴った。

「チャーリー！　さっさと起きろ！　ティークが腹を空かせてんぞ！」

酷い声の雄猫ティークは隣人が飼っているわけではない。どうやら隣人の部屋が食堂だと思っているらしく、腹を空かせるたびにこうして非常に迷惑な自己主張をしているのだ。

ぎゃあぁあ、と二度目の嗄れ声がきっかけで漸く窓が開き、ティークが長い尻尾を揺らめかせて入っていくと、やっと安息が訪れた。朝から不気味な声で起こされて、清々《すがすが》しさからほど遠い朝だ。

窓枠に腰掛けながら大あくびしたあと、遠くに見える時計台を涙目で眺めると、寝直すには少し時間が足りないようだ。それに胸くそ悪い夢を見たあとでは、二度寝する気にはなれない。

仕方なく出勤の準備をはじめることにしたが、昨日の疲労が残っているらしく、またあくびが出た。寝癖だらけの後ろ頭を掻きながら、シャワールームへ入った。眠気覚ましを兼ねて軽めにシャワーを浴びて、ついでに髭も剃る。髭なんてここ暫く放ったらかしだったが、昨夜《ゆうべ》の潜入捜査で一度すっきりしたら、急に気になるようになってしまった。

首には化け物に絞められて付いた痣《あざ》が赤く残っていたが、シャツの襟で隠れるだろう。

朝食は外で取ることにして、アパートを出た。

三階建てで煉瓦造りの古いアパートメントは単身者向けで、マッチ箱のような部屋が等間隔に無駄なく並んでいた。住人の年齢も国籍も様々で、中には住人対象に商いをしている連中もいて、ちょっとしたコミュニティになっている。

レイモンドは生粋《きっすい》のラヴィリオ市生まれだが、十七で実家を出て以来、ずっとアパートで一人暮らし。そういう連中は多いが、大抵アパートの住人か職場の同僚といい仲になって二十代前半で出ていってしまう。レイモンドは古株に入るだろう。住人のほとんどが顔見知りだし、知らないのは引き籠《こ》もりか最近越してきた新参者くらいだ。

朝から中庭の植木に水をやっている庭師の男に挨拶《あいさつ》をして住処《すみか》を出ると、大通りに向かった。

数軒先の道が地区のメインストリートになっていて頗《すこぶ》る便利だ。しかもレイモンドの暮らす地区は工場勤務の労働者も多く、早朝からやっている店も多いのだ。値段も安かった。

工場へと向かう労働者の団体を避けて、馴染みの珈琲店に入った。

カウンターのいつもの場所に立つなり、白頭小柄な店主がすだれ眉を上げながら指さしてきた。

「どこのいい男が来たかと思ったぞ、レイ」

「褒《ほ》めても、いつものしか頼まねえよ」

「本心さ。髭なんて二度と生やすなよ。今だから言うがお前の髭面は汚えこと、この上ない。一日のはじまりに見るたび、ひでえ二日酔いになったような気分がしてた」

「客に対して、そりゃねえだろ」

「本心さ。ほら、サービス」

珈琲カップを受け取ると、拳サイズのクッキーが添えられていた。

「ヨハンの珈琲店」に通って十年以上経《た》つが、クッキーのサービスははじめてだ。よっぽど酷かったのだろうか。渋面で顎を撫でる。

「なんだかねえ」

「あら、レイ！　いいじゃない！　いい人でもできたの？」

小柄店主の大柄な妻君《さいくん》が温かなマフィンを持ってくると、つぶらな瞳を更に丸くして声を弾ませた。

「いねえよ、そんなもん」

「だったら、すぐにできるわよお。あんた、まだ若いんだし。仕事ばっかりしてないで、少し遊んだら一発よ」

「俺のお節介はいいから、手に持ってる皿をくれ」

マフィンの皿を受け取り、ほくほくのそれに囓《かじ》り付く。ごろごろと入ったチーズは美味いが、店主夫妻の好奇の視線が微妙に痛い。

囓り付きながら窓のほうを見ると、人の行き交《か》う大通りを知っている顔が歩いていた。

「すぐ戻ってくる！」

店主にそう告げて店を飛び出すと、朝から陰気な黒衣の男の肩を掴んだ。その刹那、驚いたようにびくりと肩を震わせて、オリヴァーが勢いよく振り返った。

反射的に手を振り払われて、「またかよ」とレイモンドは呆れる。

「お前さ、快晴の朝くらいにこりとしてたらどうだ？」

「声もかけずに突然肩を掴んできた時点で、警戒するのは当然だろ」

「真夜中の路地裏でもあるまいし」

今ここで化け物退治でもしそうな気迫にレイモンドは苦笑いした。

「朝のお散歩――って、様子じゃねえな」

「市警に行く途中だ」

余程驚いたのか、それとも迷惑だったのか、鮮やかな緑の双眸が鋭利に睨む。怒気を滲ませた視線にチクチクと刺されながらも、レイモンドは苦笑いを明るい笑みに変えていった。

「出勤にはまだ少し早いだろうが。それより飯は食ったか？」

「そんなことで僕の足を止めさせたのか？」

「ってことは、食ってないってことだな。よし、来い」

「ちょっ……おいっ。おい！」

「はいはい」

オリヴァーの返事を聞いていたら、食べかけのマフィンも珈琲も冷めてしまう。断りもなく腕を掴み店に戻ると、店主にさっきと同じものを頼んだ。

いつも朝は人でいっぱいになるカウンターだが、一人分の余裕ができていた。これは運がいい。しかも腕を放すのと同じタイミングで湯気の立つカップが出された。

「マスター、早いな」

「しかもクッキー」

「いつも通りさ」

「いつも通りさ」

そう言いつつ、格子柄《こうしがら》のカマーベストの裾を直していた。

あきらかにいつもより早いし、クッキーのサービスなんて聞いたことがない。マスターは妙に渋味を利かせた顔をしているが指摘するのも面倒だ。

カップをオリヴァーの前に置くと、こちらには不機嫌な顔があった。

「誰もいるだなんて言ってないだろ」

「言ってないな。まあ、俺が無理に連れてきたんだが、この店の珈琲は大通りで一番美味いし、なにより」

妻君が再びマフィンを持ってきた。いろいろ訊きたくて仕方ないという空気に気付かないふりをして皿を受け取ると、マフィンの他にチョコレートが二粒添えられていた。この店にしては随分とサービスがいい。寧ろ過剰すぎて、後日何を言われるかと恐ろしくなってきた。

「ここのチーズマフィンはラヴィリオに来たら絶対に食ったほうがいい。でなきゃ、後悔する」

カウンターの向こうで店主夫妻が何度も頷いていた。一緒になってレイモンドも頷くと、冷ややかな視線のオリヴァーの顔に少しの迷いが滲んでいるのがわかった。

つ、と視線がマフィンへ落ちると、ほわほわと立つ湯気が誘っている。この香りを覚えたら最後、食べずにはいられまい。

あんまりじろじろ見ていると、また機嫌を損ねないとも限らない。レイモンドは食べかけのマフィンに視線を戻したが、視界の隅にオリヴァーの喉が小さく上下したのが見えてしまった。

素直じゃない態度が妙に心をくすぐって、おもわず顔がにやけそうになったが必死に我慢した。

マフィンを囓ると、まだ温かい。表面のチーズがカリカリになっていて、少しほろ苦いのがいい。

「美味い」

今のはオリヴァーを意識したわけではなく、素直に美味かったからだ。けれど気難し屋の彼にも喜びが伝わったらしく、そっと一口囓っていた。

「な、美味いだろ？」

声をかけた途端にそっぽを向かれたが、そのあとも一口、また一口と熱心な食べっぷりだ。

美味いの一言が言えないだなんて、意地っ張りもいいところだった。そのくせ、ちらりと可愛いところを見せるので、ついつい構いたくなってしまうのだから困ったものだ。

今も熱々のそれを囓る頬《ほお》が桃色に染まっている。美味くて仕方ないって顔だ。ほらな、とレイモンドはしたり顔になった。

「昨日はあれからどうした？」

極寒のシャワールームで別れたきりで、それからオリヴァーの姿を見なかった。

レイモンドはエドワードと一緒に調査書類を纏めるため夜遅くまで仕事だった。現場はリードに任せてきたが、その彼も結局一度も姿を見せないままだったし、締まりの悪い一日の終わりだったのだ。

「まさかまた迷子になった、なんて言うなよ。ちゃんと帰れたか？」

昨夜の件を少しからかい気味に言って横目で見ると、緩《ゆる》んでいた顔に機嫌の悪さを滲ませた。

「あのとき迷ったのは、駅から警察署へ行く途中でジェンティの気配を感じて追いかけたからだ」

「気配？　そんなもんがわかるのか？」

少しからかうつもりだったのに、反対にレイモンドが驚かされた。

流石と言うべきか。饗宴の狩人と言われるだけのことはあると、レイモンドが隣の横顔を凝視したが、オリヴァーは昨夜のことを思い出しているのか不機嫌そうだ。

「なんとなくだ。でも人混みに紛れている気配は確かにあったんだ。それが途中でわからなくなってしまって、気が付いたら僕まで迷子になっていた。だから別に迷いたくて迷ったわけじゃないし、帰りは迷わなかった」

「じゃあなんであのとき黙ってたんだよ。『迷った』の一点張りでさ」

「初対面の相手に、ジェンティの気配がわかるだなんて言って、僕まで化け物扱いされるのは御免だ」

「別にそんなことしねえって。……まあ、本音を言えば少しは驚いたけどさ」

正直に答えたが、オリヴァーは特に反応を見せることなくカップに口を付けていた。

「昨日は言いたくなくても、今日は理由を言う気になったってことは、それなりにこっちの仕事を認めてくれたってことか？」

「認めるも何も仕事は仕事だし、否定もしていない。あんな酷い体験をしたら、この程度のこと黙っておく理由はないと思っただけだ」

「確かに昨日は酷い夜だった。全身どろっどろ。あー…思い出すだけで気持ち悪い」

「食事中に不快なことを言うな」

「先に言ったのは、そっちだろ」

大袈裟《おおげさ》に溜め息を落としたオリヴァーに、レイモンドは小さく呆れた。

「お前、まさかスリッパで帰ったのか？」

「……それしかなかった」

またむすっとしてきた。わかりやす過ぎる反応が、二歳下とは思えないくらいに素直だ。面白い。

「歩くたびにペタペタと音がしてたぞ」

ニヤニヤして言えば、横目で睨まれてしまった。

「裸足で帰るよりはマシだろ」

しかし夜中にペタペタとスリッパを鳴らして帰るオリヴァーを想像すると、我慢したつもりが笑いで肩が小刻みに震えていた。きっと綺麗な顔して仏頂面だったろう。すれ違った奴らは、いいものを見た。

「嗤うな。正装して来いと言われたから着替えがなかったんだ。仕方ないだろ。あんたこそ、どうやって帰った」

「馬車で帰るって言うエドに途中まで乗っけてもらった。それに着替えもあったしな」

酷く不満そうな顔だが、マフィンは着実に減っていき、あと二口くらいで食べ切りそうだった。

「宿はここいらなのか？」

「どこだっていいだろ」

「ラヴィリオに来たばかりならホテルか？　ここいらにホテルなんてあったっけ……」

「まさか野宿したなんて言いませんよね？」

「――っ」

背後からした声にレイモンドもオリヴァーもビクリとしていた。

ほぼ同時に、ゆっくり振り返ると、リードの役者ばりに整った美貌が柔らかな笑顔を描いていた。

「二人ともおはよう。早いね」

朝っぱらから、女でも口説きそうな色気のある声だ。

「あ、ああ……あんたもな」

予想していなかった男の、唐突な登場に返事が詰まる。オリヴァーも相当驚いているようだ。残り少ないマフィンが皿に落ちていた。

「どうして、ここが？」

「ラヴィリオに来たら、朝食はこの店の珈琲にマフィンが鉄板だよ。オリヴァー、君もいるとわかっていたら、もう少し早く来たのに」

「俺達のことは気にせず、ゆっくりやってくれ。今日はどうやらサービスがいいみたいだぜ」

珈琲を飲み終えてレイモンドは二人分の代金を店主に支払った。

オリヴァーは食べ切れなかったチョコとクッキーを紙ナプキンに包んでいる。レイモンドが自分のものも渡すと、一緒に包み直して上着のポケットに入れていた。

レイモンドが構うたびに鬱陶しそうにしていたくせに、同僚を置いて一緒に店を出る気らしい。

クッキーのおかげか、さてどういう心境の変化なのか知らないが、悪い気はしない。

「じゃあな」と甘いマスクに別れを告げて店を出ると、オリヴァーもしっかりと付いてきた。

その後には、なぜかついさっき店に入ったばかりだったリードまで出てきた。

「あんた、朝飯はいいのか？」

レイモンドは店の前で足を止めて尋ねた。

「折角《せっかく》来たんだろ」

「君達を見た後で一人の食事をするなんて、なんだか寂しいだろう」

「はあ……」

そういうものだろうか？

大の男が一人で食事できないなんてことはあるまい。反応に困るレイモンドの隣で、オリヴァーは無言だった。

＊

それから三人仲良く……とは言い難いまま、市警に出勤した。

０課のドアを開けると、先に来ていたエドワードが、一緒に入ってきた三人を奇妙なものを見るような目でデスクから眺めていたが、レイモンドも同じ気持ちだ。

なぜリードまで一緒なのかといえば、オリヴァーがすべての原因である。オリヴァーは彼に興味がないようだが、リードはオリヴァーに熱烈に片思いしているらしく、署へ向かう最中も憧れの人に話しかけてばかりで、レイモンドの存在などないにも等しかった。

「ああ、みんな揃ってるね。おはよう、おはよう」

レイモンド達が課に来て間もなく、再びドアが開いて課長のブラウンが軽く手を挙げながら入ってきた。

白髪で小柄な好々爺《こうこうや》風のブラウンは、昨夜提出した報告書を持っていた。仕事帰りにエドワードが届けたのだろう。律儀というか、仕事熱心な男だ。

「皆さん、昨日は任務お疲れ様だったね」

課長の労《ねぎら》いにエドワードはデスクから、レイモンドは長椅子《いす》の肘掛けに腰を下ろしながら頷いた。

０課で決まったデスクがあるのは課長のブラウンと、事務担当のエドワードだけである。それ以外の警官は配属されたきり来なくなったりしている連中とレイモンドだけで、ソファやら資材の箱やらに適当に腰掛けているのが常だ。

「あ、お二人も適当に。まずは気楽に」

おっとりとした口調のブラウンに促されて、オリヴァーとリードもそれぞれ一人掛けのソファに腰掛けた。

「今更紹介もないだろうけど、設立して日も浅く実績の乏しいうちの課を案じて、王立幻象調査部からヘルプが来てくれました」

「別に案じてないが」と、オリヴァーが。

「調査部としてですよ」

「実績が乏しいのは圧倒的な人員不足のせいだろ」

フォローしたリードにレイモンドが続くと、「静粛《せいしゅく》に」と、エドワードが釘を刺した。

「ジェンティ討伐が専門である王立幻象調査部の補佐とバックアップを目的として、三年前に創設されたのが0課、つまりうちなんだけどね。なにせ人を喰う化け物が相手ということもあって逃げ出す連中が多くてねえ。やっと若手が入ってきたと喜んでたのに、入れ替わりでベテラン警官に辞められてしまったりすることもあるくらいで。困ったもんだねえ……」

んん、と唸った課長は、茶飲み話でもしているような雰囲気で、ちっとも危機感が伝わらない。

「じゃあ人員不足が原因で王立幻象調査部にヘルプを？」

レイモンドが尋ねた。漸く長ったらしい名称を言えた気がする。

「それもあるけど、なによりうちでは新人である君の教育も兼ねてだよ。うちの仕事はジェンティとおぼしき対象者の調査、王立幻象調査部への報告がメインだから、潜入捜査は勿論、危険を伴う可能性もある。化け物相手にどう対応していくか、ジェンティの習性をプロから学んでほしいんだ。経験を積めば度胸も付くだろうしね」

「まあ……昨日のアレを見るまで、化け物なんているのかと半信半疑でしたからねえ」

「こちらの調査がスムーズに行えるようになれば、調査部のジェンティ討伐も円滑に行えるようになる。それが王立幻象調査部と0課の目指している協力関係なんだけど。まあ、これからだね。何しろヘルプするはずの0課がヘルプされている状況だからね」

「暢気だなあ」

ほんわりとした課長の雰囲気がうつったのか、レイモンドまでのんびり気分になってしまう。そんな二人を嗤うように、オリヴァーが鼻を鳴らした。

「これから、で、三年が無駄になっている」

「オリヴァー、言い過ぎですよ。暫くの間、我々は一緒に仕事をしていくんですから、悪い印象を与えないように」

オリヴァーは無言のまま、つまらなそうな顔で横に視線を逸らした。隣の席でリードが少し困った様子だったが、すぐに気持ちを切り替えるようにして席を立った。

「こちらも改めて自己紹介を。私は王立幻象調査部、調査官リード・セシル。そして彼はオリヴァー・クラーク。組織の中で抜群の討伐経験を誇るのが彼だ。我々は組織内で『狩人』と呼ばれている。ジェンティ討伐が主な職務だ」

自分だけではなく、わざわざ本人に代わってオリヴァーの紹介もしてくれるあたり、リードは相当彼に入れ込んでいるようだ。なのに一方のオリヴァーが相変わらず興味なさそうで、結構な男前だけに熱心な姿がかえって少々気の毒に見えてくる。

密かに哀れみを向けられているとも知らずに、リードは言い終えて満足したようだ。

「あちらからは一人だと聞いていたんだけど、まさか二人も来てくださるとは」

ブラウンが言った。

「私が勝手に押しかけて来たようなものです。オリヴァーと一度仕事がしてみたくて、いてもたってもいられずなもので。とはいえ、任務としての許可は得ています。指令書はここに」

リードは柔和な表情ながらも苦笑いして、課長に書類を手渡した。

今日のリードは昨夜のビシッと決まった燕尾服とは雰囲気を変えて、流行のグレー地に細ストライプの三つ揃い。

革靴はコードバンか。落ちついたダークブラウンに滑らかな光沢が格好良すぎて、見ているだけで嫉妬する。その靴だけで一体幾らするだろう。考えるだけで虚しくなりそうで、やめておいた。

整った容姿に釣り合うスタイルのリード。その彼を夢中にさせるオリヴァーはといえば、黒いカーディガンにシンプルな白シャツとリボンタイ。細い足が強調されたボトムも黒で、靴も同じ色だ。

喪中か？　と訊きたくなるような格好だ。しかしリードと並べて見ていられるほど、その姿は品の良いものではなく、カーディガンは糸が飛び出ているし、靴にいたっては傷だらけ。靴底も薄く減っていた。

「それにしても、あなた方は運がいい。狩人として才能も実績もトップクラスの彼が、わざわざ警察のヘルプで入るなんて、我々からすれば考えられないことだ。オリヴァーもオリヴァーですよ、常に第一線に立つあなたが、一体どんな気まぐれを起こしたんです？」

「気まぐれじゃなく、理由があって来たんだ。あんたこそ、どういう気まぐれで僕なんかに？」

オリヴァーがちらりと横目で見た途端に、リードが気取った笑みを返した。

「仲間内であなたの名前を聞かないことはない。オリヴァー、私はあなたに対して、大いなる羨望と嫉妬を抱いてる。しかしそれは他者からもたらされたイメージであって、本当のあなたではない。だからこそ一度逢って、この感情が本物なのか、それとも紛《まが》い物だったのかを確かめたかったんです」

憧れのその人がイメージと合っているかどうか、直接本人を見て判断したい。——つまりそういうことか。

なんだか面倒な話だと、レイモンドは顎を撫でていた。

「そんなに有名人なのか？」

レイモンドはリードに尋ねて、オリヴァーを見た。

「オリヴァーは孤高の人なんです。狩人は二人以上で行動するのが基本ですが、オリヴァーは誰とも組まず、誰の力も借りず一人でジェンティを退治する能力を持っている。ストイックで冷酷だ。狩人は皆、オリヴァーに憧れを抱いて、自分自身の力の無さに落胆する」

「落胆……。あんたもか？」

「ええ、私もです」

リードは頷いた。

「狩人とて所詮は人ですからね。化け物を前にして、完全に恐怖心を拭うことはできない。だから二人以上で群れて、サポートし合うのに、オリヴァーは違う。ただ一人、化け物と対峙《たいじ》する。その勇ましさ、強さに狩人は羨望を抱くんです。勿論、私も」

憧れの人を独占したい気持ちはわからなくもないが、リードが年下の彼にここまで御執心なのならば、レイモンドも迂闊《うかつ》に近付くと嫉妬や恨みを買う可能性がある。

ここは少しオリヴァーと距離を置くべきかと思ったが、昨日会ったばかりで距離もクソもない。

今朝だって、たまたま店の前にいたから声をかけただけだし。昨夜だって肝心なときにリード自身がいなかったのが悪い。自分が気を遣うことなんて何もないな。と、レイモンドの中ですぐに答えが出た。

「こちらとしては、専門家が二人もいてくれるのは大変有り難いことです。なんというか、まあ、僕を含めてうちは寄せ集めの数合わせみたいな課ですからねえ」

「課長。それをあなたが言わないでください」

エドワードが眼鏡を光らせる。「はいはい」と課長は反省というより苦笑いをしながら、おっとり頷いた。

「そういうわけで僕を含めて宜しくお願いしますね。——さて、これからなんだけども。レイモンド君、オリヴァー君に暫く付いてください」

「俺が？」

「ちょっと待ってください」

レイモンドを遮って、リードが身を乗り出した。

「それはつまり、コンビということですか？」

「まあ、そうなりますねえ。暫くはうちのルーキーにプロの技を学んでもらわないと」

ルーキーではなく、唯一捜査ができる要員のような気もするが、言われて悪い気はしない。

平常心を装うつもりが、片眉を上げてしまった。それをリードにしっかりと見られて、レイモンドは誤魔化《ごまか》すように明後日《あさって》の方向を見た。

「反対です。オリヴァーに付くのは私が相応《ふさわ》しい。そのために来たんですから」

「それじゃ、そっちだけで仕事すんのと同じだろ。うちの課を不憫《ふびん》に思って玄人さんが来てくれたんだから、課の人間が学ばないと。つまりは俺かエドだな」

「私は結構です。事務方なので」

「あ、僕も無理です。腰痛持ちなので」

課長が続けると、リードの眉間にはじめて不機嫌そうな皺《しわ》が刻まれた。

「冗談はやめてください。でしたら、せめてサポートはさせてください。そうでなければ、彼に逢うためにラヴィリオまで来た理由がなくなってしまう」

「あなたにはエドワード君のサポートをお願いしたいんですけどねえ」

うーん、と課長が困り顔だ。エドワードも困惑していた。

「……私のですか？」

「今後の捜査のためにマニュアルは必要でしょう。折角二人も来てもらえたのだから、作業を分割するほうが効率もいい。それにレイモンド君は報告書が苦手だし、エドワード君の文章はわかりやすいからね。それに比べてレイモンド君の文章は」

「課長、俺の報告書が気に入らないのは十分わかりましたから」

「そういうわけで、あなたはエドワード君をお願いします。――はい、コンビの話は以上です。決定！」

反論するために口を開きかけたリードを課長が笑顔で遮った。

普段から日向ぼっこが似合う温厚なおじさんだと思っていたが、こういうところは年の功といったところか。ベテランの強引さで話を終えて、リードは不満ながらも渋々と口を閉ざした。

その間、オリヴァーときたら、店から持ってきたチョコレートを囓っていた。少しは美味そうに食えばいいものを、無表情は変わらない。

「オリヴァー君、レイモンド君を宜しくお願いしますよ」

「そんなことより、いい加減に昨夜の報告が聞きたい。あんた達、あのあと、屋敷内を調べたんだろう」

「ああ、それは私が」

エドワードが席を立った。

「昨夜の被害者ですが。合計九名、そのうち四名は心臓がなく、五名の眼球がありませんでした」

「眼球……」

今の言葉が、レイモンドの心の琴線《きんせん》に触れた。

「ちょっと待て、エド。俺達が見たのは四人だけだ。心臓を喰われてた」

「ええ。あのあと一課が入って調べた結果、屋敷内で眼球のない被害者が五人見つかりました。いずれも死亡しています」

「つまりそれは、あの場にもう一匹別のジェンティがいたってことだ……眼球を喰う奴が」

オリヴァーに言われて、軽く目眩《めまい》がした。

「もう一匹って……おい、オリヴァー教えてくれよ。ジェンティってのは、そこいら中にウジャウジャいるもんなのか?」

「まさか。そんなにいたら、人間は気軽に出歩けなくなりますよ。これは完全にレアケースだ」

リードまでが信じられないというようにかぶりを振っていたが、オリヴァーは頷かなかった。それどころか、緑の瞳に緊張の色が見えていて、気付いたレイモンドまでもが表情を強張らせていた。

「そういえば、二十年前に九人の子供達がジェンティに目を奪《と》られ殺された事件があったね」

ふと思い出した様子の課長に、レイモンドが咄嗟に腰を浮かせた。

「目を……」

——めをくわれたって。

幼い頃に聞いた言葉が、レイモンドの鼓膜に蘇《よみがえ》った。

ガラガラと車輪を響かせる荷車には、幼い子供達が何人も横たわっていた。子供だったあの頃のレイモンドは、あの子達が眠っているように見えた。――いや、そう願っていた。

しかしあの子達は――。

「二十年前の事件なんて、よく覚えていますね」とエドワードが驚く。

「当時話題になったんだよ。それまではイーニッド各地の村や町で、十人の子供達が眼球を奪われ殺される事件が度々起きていたんだが、コーディ村だけは、なぜか九人になっている。つまり一人は襲われたが無事だった。しかもそれ以降、眼球を奪られる事件は起きていなかった」

「それが近年、またはじまったんだ」

オリヴァーは言った。

「二十年って……今更だろう？　当時話題になったっていうんなら、模倣犯の可能性はないのか？　二十年のブランクだぜ？　なんだって急にまたはじめる必要があるんだ。そもそもジェンティだっていう証拠は――……いや」

レイモンドは次々と質問をぶつけたあとで、感情的に捲《まく》し立てた自分に気が付いて、ばつが悪くなった。レイモンドはたかだか一週間前に配属されたばかりで、化け物に関しては素人だ。化け物退治のプロが目を付けているというなら、それがジェンティである可能性は大きい。

どうでもいい質問は時間の無駄だ。珍しく整えてきた頭を掻いて気持ちを落ち着ける。

「玄人のあんたがそう言ってるんだから、間違いないんだろうな。あの事件は俺も知ってる。俺なりに調べてもいたが何も摑めなかった。って……犯人は化け物だったのかよ」

「僕達は眼球を喰うジェンティのことをカンヴァニア・ジェンティと呼んでいる。僕はそいつを追うために狩人になったんだ。この手で退治できるのなら、いくらでも手を貸す」

「オリヴァー君はコーディ村事件の、襲われた十人の子供達の一人、つまり唯一の生き残りだそうだね」

課長の穏やかな問いに、オリヴァーが金の髪を揺らして大きく頷いた。

「お前が？　あの事件の生き残り……？」

レイモンドは瞠目《どうもく》しながら、声を詰まらせた。

爽やかな朝、人集りの中で見た荷車の男の子は、やはりオリヴァーだった。

まるで生気がないのに、森の若葉を凝縮させたような、きらめく瞳に心を繫《つな》ぎ止められて視線を離せなかったあの子が、オリヴァー。顔半分を血に染めた男の子の虚ろな目を、レイモンドは今でもはっきりと覚えている。

ずっと捜し続けて一度も消息を摑めなかったのに、こんな形で出会うなんて不意打ちもいいところだ。しかし、なんて奇跡だろう！

「ああ、そうだ。だから僕がカンヴァニア・ジェンティを絶対に倒すと決めたのに、どんなに捜索しても、あいつは僕の前髪を掠めるだけで容易《たやす》く逃げてしまう。今度こそ必ず倒すためにも、あんた達に協力するんだ」

オリヴァーは強い口調で言うと、拳を握り締めた。

「俺達は教わる側で、まだまだ素人の集まりみたいなもんだ、特に俺なんて知識もないし、当分はあんた達に貢献できるとは思えねえけどな」

優秀な狩人様が実績のない組織を頼るなんて、レイモンドからすれば腑《ふ》に落ちない。昨日のジェンティがなぜ爆《は》ぜたのか、何もわからないというのに。

「だけどあんたは、あの煙が充満して人がひしめき合うホールの中で、甲冑があることに気付いていたし、はじめて目にしたジェンティに臆さないで立ち向かった。警官として捜査のノウハウがあるなら、僕の仕事を補える」

「いい経験になるんじゃない、レイモンド君。狩人様直々《じきじき》の申し出だよ」

「まあ、俺なりにやれるだけやってみますよ」

レイモンドはソファの肘掛けから立ち上がり、オリヴァーに握手の手を出した。

「改めて、レイモンド・オルティスだ。オリヴァー・クラーク、宜しくな」

差し伸べた手をじっと見つめて、ふっと白い顔が横に逸れた。

「そういうのは、なんだか気持ちが悪いから好きじゃない」

「かっ、可愛くねえ……っ」

折角こっちから歩み寄ってみたのに、いきなりこれだ。

いい流れじゃなかったのか？

愕然《がくぜん》としたレイモンドに対して、リードが肩を震わせた。

「あの、あともう一つ伝えたいことが」

エドワードが小さく手を挙げた。

「なに？」

オリヴァーが急かす。

「その甲冑と斧槍の件なんですが、異教徒弾圧時代の品で、三百年以上前の物です。歴史的価値がありますね」

「あれが？　高価な物が置き去りにされてたってことか？」

レイモンドは目を丸くした。

オリヴァーもこの話題には興味があるらしく、今度はクッキーを食べている手を止めて、じっとエドワードを見ている。リードだけが少々つまらなそうだ。

「置き去りにしたのではなく、あの会の中に屋敷の持ち主がいたんです。祝祭会の熱心な信者で場所を提供したそうで。管理が杜撰《ずさん》だったのは経済的な問題らしく、会が終わった後《のち》に屋敷も調度品も売り払う算段だったそうです」

「死者を出したら価値も下がるだろうな」

「今はそういう怪しげな所も人気ですから。世はオカルトブームですよ。逆に高値になるかもしれませんね」

実際この国は、特にこのラヴィリオ市では空前のオカルトブームが起きていた。

「ファンタスマゴリア」と呼ばれるインチキな降霊会だの、昨夜のような怪しげな集会だのがそこかしこで催されているのだ。

「主催の男ですが、招待客にジェンティだと気付かれなかったのは幸いです。見られたとしても、あの煙でおかしくなった主催が人を殺《あや》めた程度の認識でしょうから。斧槍で化け物を退治した、なんて知られたら歴史的価値以上の付加価値になるかもしれませんね。ただでさえ貴重な骨董品《こっとうひん》なだけに」

最後の一言が引っ掛かったが、あの場所でああするのは仕方なかっただろう。

「まさかそんな凄いとは思わなかったんだって。あんただって、昨夜はレプリカかもしれないと言ってただろ」

「だから下手をすれば歴史的価値のある品を壊しかけたという報告をしただけです」

「あーそう……」

眼鏡越しに睨まれて、この事務方男が骨董好きだったのを思い出した。

「でも効果があったことは確かだ」

肩を竦《すく》めたレイモンドの代わりに、オリヴァーが言った。擁護《ようご》されるなんて、これは意外だ。

「斧槍がってことか？　それとも歴史的価値のある品だったから？」

レイモンドとしては、プロの彼が考え込むほどの案件だと思っていなかったから、少し驚きだ。

「斧槍に効果があったのって、そんなに珍しいことなのか？」

「狩人が退治する前に弾け飛んだなんて……こんなこと、今まで一度もなかった」

ええ。と、リードも頷いた。

「というより、斧槍を使うなんて単に考えつかなかっただけかもしれないけど」

「武器だぜ？　退治しなきゃならなくなったとき、手近にあれば真っ先に手に取るものだろうが。キッチンに鼠《ねずみ》が出たとしても、素手では戦わない。だろ？」

真面目な顔で返されてレイモンドは半笑いになって答えたが、二人は沈黙したままだった。

「なんにせよ、武器でもジェンティに効果があるとわかったのは発見じゃないですか。もしかすると素人の我々にも退治ができるということだからねえ」

課長がおっとりと言った。

「ですが、あの斧槍だけに効果があったのか、それとも他にも何か使える物があるのか、はっきりしない以上は……」

「……異教徒弾圧時代の甲冑なら、女神信仰者の物だろう」

少し考え込んでいたオリヴァーが口を開いた。

「つまり聖鎧《せいがい》ですね」

エドワードが答えた。

「ジェンティは清浄な場所を嫌うんだ。場所だけではなく、物体も嫌う対象だとするなら、昨日の現象も納得がいく」

「でもさ、あの屋敷中、宗教画だらけだったぞ」

オリヴァーの答えは早急すぎる判断のような気がする。レイモンドはすぐに得心《とくしん》できなかった。

「聖鎧を所持するような家柄なら、祖先は王室貴族か聖職者だろうねえ。そうなれば、宗教画家に依頼したものとも考えられるんじゃない？　絵画の鑑定は？」

「いえ……そちらは、まだ」

課長の問いに、エドワードが返事を濁《にご》らせた。

「現場に鑑定士を連れてってたんじゃねえの？」

「一課の押収品を署でこっそりと鑑定してもらったんです。深夜だったので、私の個人的な知り合いを呼んで。そもそもあんな血みどろな現場に連れていけるわけがないでしょう。私だったら嫌ですよ」

「エドワード君、骨董品のこととなると私情を挟みまくるからねえ」

それが原因で0課に飛ばされたんだろうと、今察した。

「仮に宗教画家の作ならば、あのホール全体が清浄な場所として多少は機能していたと考えられますね。しかし清浄な物を嫌うジェンティがいた。清浄な物に対しての免疫《めんえき》があるのでは？」

リードが言った。

「あり得るかもな」

可能性はあるが、レイモンドはまだ「ジェンティ」という名の化け物がなんなのか、イマイチよくわかっていない。知識不足だ。もどかしい。

「いや、昨日のアイアトン・ジェンティは今まではその場で捕食しなかったはずだ」

オリヴァーがクッキーを齧った。

「確かに、どこかに拉致してから人を喰っていますね。だから被害者の死体は未だ発見できていません。退治したジェンティが本当に主催者だとしたら、死体の捜索は今以上に困難になるでしょうね」

エドワードの言う通りだ。失踪者の行方が依然として不明だからこそ、事件は噂で留まっていた。

「今まで隠れて捕食していたのに、今回は招待客の前での捕食ってことはイレギュラーじゃないのか」

「うん。それだけ空腹に耐えられない状況だったんだ」

ああ……と、狭い室内で誰ともなく声を洩らしていた。皆が皆、今ので漸く納得したようだ。

レイモンドも胸の上で腕を組み、しきりに呻く。

「清浄な場所に神聖な武器があった。つまり退治するには良い条件が整ってたってことだ。それが本当なら、素人でも化け物を倒せる」

「可能性としては高いかもしれないが、ジェンティの中には狡猾な奴もいる。今回のは経験上稀《まれ》なケースだと思う。一度巧くいったからって楽観視しないほうがいい」

「あれが巧くいったのかは疑問だけどな。ひとまず肝に銘じとくよ」

全身真っ黒なコールタールだらけのべとべと状態では退治したところで笑えない。レイモンドは頷いた。

「だけど聖鎧に効果があるなんて僕らには気付けなかったことだ」

少しは期待してくれるのなら悪い気はしないが、リードはいい顔をしなかった。

「オリヴァー、過度な期待はしないほうがいい。単に偶然が重なっただけですよ？　追い詰めることさえできるなら、我々だけでも倒せる」

「でも追い詰められなかった。ずっと追いかけているのに。新たな可能性に賭けることは悪いことじゃないはずだ。衣装は駄目になったが、斧槍を使ったのは功績だと思う」

「ふむ。――いいじゃない。狩人と警官のコンビがどう影響し合っていくのか愉しみだし、僕としては二人の活躍には大いに期待しているんだけどね」

部長が急にノリノリになったが、リードは不満そうだ。

はあ、と盛大な溜め息を吐いている様子に、早速嫌われた予感がする。

レイモンドは部長にぎこちない笑顔で応えたが、内心は頭が痛かった。

＊

珍しく長かった朝礼を終えた後は、いよいよコンビとして捜査開始だ。

私も行くと言って聞かないリードを課に置いて、はじめに向かったのは署内の遺体安置室。昨夜の被害者を一人一人確かめながら検死官の説明を受けた。

「九体のうち、心臓がない遺体は女性四体。眼球がないのが男性五体。その五体とも眼球の他に血液が大量に失われています」

「血液が……？」

オリヴァーの呟きに若い丸眼鏡の検死官が一つ頷いた。

「ええ。死因は失血死でほぼ間違いないでしょう。眼球は死後に取られていますね」

「……どこかの国で血を吸う化け物がいなかったか？」

「今流行りのオカルトですか？　さあ、そういう非現実的な話には興味がありませんので。あ、報告書、読みます？」

「いや、いい」と断る前に、オリヴァーは肌寒い安置所から出ようとしている。検死官に礼を言って、レイモンドは追いかけた。そして隣に並んで、すぐさま注意する。

「無理言って見せてもらったんだから、検死官に礼くらい言えよな」

「警官なら見られるものじゃないのか？」

「さっき検死官が言ってただろ。化け物なんて基本は童話かオカルトだ。皆、存在しないことが前提の娯楽に過ぎない。だから今回、九人を殺した犯人を調べるのは一課であって、０課じゃない。俺達がこっそり遺体を見たと知ったら、一課が野次馬するなと文句を言ってくるぜ」

「それならこの件は迷宮入り決定だろうね」

オリヴァーが冷ややかに鼻を鳴らした。

警察側からすれば大した自信だと言わざるを得ないが、昨夜のあんなものを目《ま》の当たりにしてしまったら、確かに通常の捜査では無理そうだ。

一課が足を棒にして捜査しまくったとしても、迷宮入りするとわかっている現実を知っていて、何も言わずに独自捜査するというのも罪深い。でもスカッとしているのも本音だ。ちょっと上司とケンカしたくらいで、０課に飛ばされた恨みは大きい。

「で？　これからどうするつもりだ」

「昨夜の現場で死体のあった場所を確認したい。僕らが主催に気を取られている間に、眼球を喰うジエンティがいた痕跡を見たいんだ」

「現場の詳細ならエドから報告書を借りてる。招待客の聴取はどうする？」

「できるのか？」

「昨日、途中で一課を呼んだだろ。何人か身元を押さえてる。そのリストも勿論あるぞ。課長がどうやったか知らないが、手に入れてきた」

驚いた顔にどや顔で返すと、オリヴァーは少し感心した様子だった。

「迷宮入りは確実だけど、使いようによっては便利だな」

「お前それ、一課の連中に言うなよ。つーか署内で言うな署内で。誰が聞いてるかわかんねえんだから。誰もいないところで言え！」

「そういうのは面倒だ……」

「敵は作らないのが一番だ」

文句を零した相棒とともに、レイモンドは署を出た。目に留まった辻馬車を呼び止め、二人は昨夜の現場へと向かったが、しかし事件の翌日だけに屋敷へと続く道は途中を柵で封鎖され、辻馬車で門の前まで行くことはできなかった。

仕方なく途中で辻馬車を降り、現場までは徒歩で向かうことにした。

ブナとポプラの林のなか、長い長い一本道の先にあるのが古い屋敷だ。

昨夜は多くの馬車を目にしていたが、今は人一人見当たらず、昼前なのにかえって不気味さを覚えるほど静寂だ。時折風が吹いて木立の隙間から鳥の声が聞こえてきたが、爽やかさの欠片もないけたたましさに、猫のティークを思い出して気持ちを紛らわせた。

強めの日差しに額の汗を拭うレイモンドに対して、カーディガンを着こんでいるオリヴァーは信じられないことに涼しい顔だ。

さらさらとした金糸の髪が風に揺れている。そういえば、遠い昔に見た彼の髪も絹糸のように細くて、荷車の揺れで軽やかに揺れていたのを思い出した。その髪に触れたらきっとさらさらとして、気持ちいいのだろう。横目に見ながらそんなことを思ったら手の平がむずりとして、戒《いまし》めるように握り締めていた。

漸く屋敷の門が見えてくると、二人の足は自然と速くなっていった。蔦に覆われ錆び付いた門を抜け、枯れ葉を踏みながら狭いアプローチを通っていく。

玄関扉の鍵は掛かっていたが、オリヴァーが落ちていた鉄釘を使って開けてしまった。見張りがいなかったのは運がいい。というより、隣に警官がいることを少しは意識してほしいが、今更だ。

重厚な扉を押すと、蝶番《ちょうつがい》が悲鳴のような軋みを立てた。広い玄関ホールに日光が差し込み、埃がキラキラと光りながら舞っている。

「まだ麻薬の臭いがするな。甘ったるい臭いだ」

「隣国で流行っているやつだ。アヘン中毒の特効薬と言われて闇で売られているが、実際はアヘンの数倍中毒性が高い。そんなものを焚《た》いていたら信者も集まるだろうな」

「知らずに吸わされていた連中はたまったものじゃねえな。五体の死体があった場所はこっちだ」

エドワードから借りた資料には屋敷の簡単な間取り図があった。それを頼りに向かう先は、玄関ホール隣にある食堂だ。入ると、何十人と座れそうな大テーブルが中央にでんと置かれて、上にも床にも空の酒瓶が散乱していた。

「ここに二体。一体はこの椅子に座って、机に俯《うつぶ》せた状態だ。もう一体は床に倒れていた」

死体があったとおぼしき場所は拭かれたのか、それとも流血していなかったのか、埃もなく綺麗なものだ。レイモンドの説明を黙って聞いていたオリヴァーは、簡単に位置を確かめただけで特に何かを調べる様子もない。

「他の三体は？」

「隣の部屋だ。奥が客室になってる」

更に案内して隣のドアを開けると、ここにもうっすらと嫌な臭いが残っていた。

散乱した酒瓶とグラス。灰皿に溜まった煙草の吸い殻。レースのカーテンは黄ばみ、激しく破けていた。ベッドの上も酷い。何をしていたかは想像できるが、よく見るとシーツに点々と赤いものが見えた。

「ベッドに二人。ソファに一人だ。残り四体のあった応接間と上の隠し部屋も見るか？」

「いや、いい。もう十分見たから出よう。臭いで頭痛がしてくる」

「それには俺も賛成だ」

意見が合うと、二人は再び食堂を抜けて玄関ホールへ向かい、そして外へ出た。しっかりと扉を閉めると、外の空気がやたらと美味く感じられる。

はあ、とレイモンドが大きく息を吐くと、オリヴァーがさっさとアプローチを歩きはじめていた。

「さっさと行くなよ。また道に迷ってもしらねえぞ」

「一本道で？　そんな奴が実際にいるなら見てみたいものだ」

「ちょっと森に入ってみろ、あっという間に方向感覚がなくなるぞ。それこそ化け物が潜《ひそ》んでいたって不思議じゃない。それに」

コーディ村の事件だって、森で起きていたではないか。そのことを言いかけたが、古い傷を刺激するような気がして、途中で言葉を止めていた。

「カンヴァニア・ジェンティがコーディ村を襲ったのも森だった。——そう言いたいんだろう」

「あ、……ああ、まあ」

迂闊なことを口走ったうえ、じっと見つめられて少々返事がしづらかった。

「わりい」と小さく謝ったレイモンドを、オリヴァーは小馬鹿にするように鼻で嗤う。

「それは事実だ。当時のことは新聞にも載ってるし、別に謝るようなことじゃない。だいいち謝られたら、僕が目玉を取ったみたいじゃないか。それこそ腹が立つ」

「だ、な。そうだな。確かに、そうだ。謝って悪かった」

別の意味で少し気分を害したようで、微《かす》かに頬を膨らませながら目元を赤くした様子に、レイモンドは謝り直した。ふん、とまた鼻を鳴らされたが、すぐに不機嫌を引っ込めてくれたようだ。
さっきの頬を膨らませた怒り顔は素直に可愛らしく思えたが、それを言ったら今度こそ怒られそう
だから黙っておこう。
秘密にすればまた可愛い表情が見られるかもしれないし。

長い一本道を進んでいくと、さっきの辻馬車が待っていた。

馭者の中年男がこちらに気付くなり、口に咥えていたパイプを上げて手を振ってくる。

「この先は古い屋敷以外なんにもないでしょう。すぐに戻ってくると思って待ってやったんだ」

まんまとカモにされたような気もするが、ここからラヴィリオ市内中心部へ戻るとしたら
の距離だ。次は昨夜の招待客に聴取へ行きたいこともあり、いてくれて助かった。

辻馬車で市内へ戻り、リストにある人物の住所を一つ一つ当たってみたが、大会社のオーナー一族の邸宅だったり、貴族のセーフハウスだったりと、どこも高級住宅地に集中していた。

しかし会に参加していることは余程隠しておきたいらしく、警察だと告げても取り次ぎしてもらえずに、どこへ行っても門前払い。次第に日も暮れはじめて、飲み屋から笑い声が聞こえてきた。

リストに記載された住所も残り少ないが、二人はあと一件だけと決めて疲れた足で街を歩いた。

向かったのは、高級住宅地から大きく離れて貧民街にほど近い娼館だった。そこの女店主と情人が昨夜の招待客のメンバーらしい。

店の前には既に赤や黄色の異国風のランプに火が灯り、派手な身なりをした店の娘達が客引きして

いる。到着するなりレイモンドも腕を引かれたが、警察だとわかると煙たそうに追い払われてしまった。

店の者に小金を渡して取り次ぎを頼むと、間もなくして色白の年増女が現れた。

胸元を強調した黒のドレスに煙がくゆる銀の煙管。髪は所々ほつれてだらしなく垂れているが、かえってそれが色気を感じさせる。

「店の前で警官に立ちん坊されちゃ困るわよ。入って」

あーあー……厄日だねえ。と、ぼやきながらも、女店主は店の奥の小部屋に案内してくれた。

「ここはアタシの仕事部屋。人買いから若い娘を買ったり、客を怒らせた娘を折檻《せっかん》したりする部屋よ

赤と金が基調のケバケバしい部屋をきょろきょろと見回しているオリヴァーを女店主がか

真に受けたのか、ドアの隣でじっとしていた。まさか女性が苦手なのか？と、
イモンドが一人掛けのソファに腰を下ろすと、不機嫌な目つきで睨まれた。

「なんだよ」

「香水と白粉《おしろい》が臭いんだ。胸焼けがする」

「お前、そういうのも店から出て言え」

「坊や、女を知らないいね」

女店主は天鵞絨《ビロード》のカウチソファに腰掛けて、ヒールのまま足をだらしなく伸ば

そうなのか？　と、新たな疑問が浮上してレイモンドが期待に目を輝かせながら凝視したが、オリヴァーはむっすりとするだけで無言に徹していた。これはいずれ白状させねばならない案件だと、レイモンドはニヤニヤする。

「どうせ用件は昨日のことなんでしょう。散々話したわよ？」

女店主は煙管の灰を灰皿に落として、飾り棚の引き出しから銀の煙草入れを出した。

「あたしは酷く酔っちゃってて、自分が何をしてたのか思い出せないんだから。警官に頬を叩かれるまで素っ裸だってことも気付いてなかったくらいよ。仕立てたばかりのドレスだったのに、屋敷には戻れないって言うし、持ってきてくれと頼んでも忙しいから無理だと、今のアンタみたいなニヤけ顔で言われたわ。結局どこの誰の物か知らないケープ一枚渡されて馬車に押し込まれたのよ」

滔々《とうとう》と話しながら女店主は真っ赤な爪で煙管の先に葉を詰めて、マッチで火を点ける。ふー、と気《け》怠《だる》く紫煙を吐きながら、面倒臭そうに白粉塗れの首筋を撫でていた。

「まあ、よく見たら上等なものだったけどさ。昼間に古着屋へ売ったら、ドレスの仕立て代を払ってもおつりが出たわ」

「そりゃよかったな」

「ちっともよくないわよ。あのドレスを作るのに何日かかると思ってんの。やっとできたってのに……あと二度か三度着なけりゃ気がすまなかったわ」

「ドレスのことは残念だが、俺達は生憎そんなことを訊きに来たんじゃないんだ」

「だから何も覚えてないんだって」

「そう大した質問じゃない。あんたはアイアトン祝祭会のことをどこで知ったんだ？」

「ずー！っと前に店のお客に誘われたのよ。といっても、今のような会になる前の話」

「今のようなって？　前は違ったってことか？」

オリヴァーが久し振りに口を開いた。香りに慣れてきたのかもしれない。

「そうよ。以前は変な新興宗教の退屈で真面目な説法会だったの。あの主催だって地味な教祖様だったしね。あたしが誘われたのも頭数合わせってやつ」

オリヴァーを下心のありそうな目つきで舐《な》めるように見る女店主に、レイモンドは咳《せき》払いをした。

「羽振りのいい馴染み客だったから、無下には断れなかったのよねえ。ほら、聴く人がいなかったら、説法する意味がないでしょう。人が多くいれば、人気があると勘違いしてくるトンマな連中がいるじゃない。それ目当てよ」

こちらが多く訊かなくても女店主はペラペラとよく話してくれた。昨夜の件がよっぽど腹に据えかねていたのか、面倒臭そうな顔をして実は話したかったのかもしれない。

「真面目な会が、なぜあんな感じになったんだ？　完全に乱交パーティだったぞ」

「愉しいからいいじゃない。愛欲を称《たた》える会よ。昨日なんて最高だったわ。説法がはじまると同時にお香が焚かれて、甘い香りを嗅いだら躰の芯が火照《ほて》ってきてさ……言われるがままにドレスを脱いでいったの。アタシが何もしなくたってコルセットも下着も周りの男達が脱がせてくれたわ。そのときの解放感ったら……」

淫らな夜を思い出して、重たい溜め息を吐いているが、そうしたいのはレイモンドのほうだ。

オリヴァーにいたっては退屈そうに天井の隅を眺めている。

「以前は真面目ぶってた主催も奥さんもノリノリだったし。愛を追求して箍《たが》が外れちゃったのねえ」

「待って」

オリヴァーが咄嗟に話を止めた。

「主催の男には妻がいたのか？」

「ええ。仲のいい御夫婦よ。だからこそ愛を謳《うた》ってるんだし」

「昨日は！　昨夜の会に妻はいたか？」

「ヤダ、怖い顔ねえ。男っぽい顔もできるんじゃない」

「いたか、いなかったのか、どっちだ！」

凄い剣幕で問われて、女店主がカウチソファの上で肩を竦めながら身を引いた。

「いたわよお。奥さんは玄関ホールで若い男にウエルカムドリンクを配ってたわ」

「それ、俺が飲んだやつだ。あれが主催の妻……？」

ホールへ入った直後に化粧の濃い女性からグラスを受け取った。エドワードも差し出されたが受け取らなかったので、代わりに二杯ともレイモンドが貰ったのだ。甘みの強い美味い酒だった。

「あの人、若い男が特に好きだから狙って渡すのよ。アタシがくれと言っても聞こえないふりするんだから。以前は温厚で大人しいマダムだったのに、あの人も変わったわねえ……。それは旦那さんもだけど」

「性格が変わったのはいつから？」

オリヴァーが更に訊く。

「真面目な会がいつ頃から変わったんだ!?」

捲し立てるように立て続けに訊くオリヴァーの気迫に、女店主が怯《おび》えている。

落ち着けとレイモンドが宥めたが、オリヴァーの目は狩人の鋭さで女店主を睨み続ける。彼女は音《ね》を上げて、降参のポーズでかぶりを振った。

「いつかは覚えていないけど、オカルトブームがはじまった頃よ。去年くらいじゃないかしら。そこいらじゅうの空き家だの広場だのでファンタスマゴリアがはじまった頃ね」

　ファンタスマゴリア——例の怪しい降霊会か。

「何かきっかけは？」

「きっかけねえ…………」

　女店主が先ほどのオリヴァーとは別方向の天井の隅を見はじめて、レイモンドまでつられて見てしまった。途端に「あ」と気の抜けた声のあと、煙管の雁首《がんくび》でこっちを指した。

「ファンタスマゴリアが流行りだした頃に、あの会に新顔が来たのよ。すっと背の高いハンサムで、上品だし身なりもいい若い男だったわ。どこのお貴族様かしらと常連の女達が色めき立ってたわねえ。御夫婦も師だのなんだの言って、段々誰が教祖かわかんない感じになっていったわ。あいつがきっかけかしら」

「そいつが来てから、会も主催夫婦も変わったんだな」

「ええ。そう。一気に方向転換した感じの変わりぶりだったわね。おかげで信者もどっと増えたし」

　レイモンドとオリヴァーは顔を見合わせた。

　もしそれが目玉を喰うジェンティで、餌《えさ》欲しさに会へ潜《もぐ》り込んできたのだとしたら？

　オリヴァーも咄嗟に同じことを考えたに違いない。幼さの残る面立ちを一層強張らせた。

「そいつと話をしたことは？」

　オリヴァーが鋭い視線を向けたが、女店主は左右にかぶりを振った。

「アタシなんて頭数合わせのにわか信者よ。片やあちらは教祖様のお気に入り。話なんてするわけないでしょ」

「だけどあんたは娼館の店主だ。どこぞのお貴族様かと思ったんなら、客にするには打って付けだろうが。にわか信者なら客を捕まえに行くくらいの利点がなくちゃ通わねえだろ」

レイモンドに痛いところを突かれたと女店主は煙たい顔をして、小さく舌打ちした。

「声はかけてみたけど、やんわりと笑顔で躱《かわ》されたっていうか。誰に対しても優しいんだけど、あれは腹の内を明かさない感じね。でもそこがまたミステリアスでハマるのかもしれないけど」

「名前は？　訊いたか？」

オリヴァーが続ける。

「訊いてないわ」

「少し声かけたくらいで諦めたのか？　本当に貴族なら上客になるかもしれないってのに？」

「何度声かけても相手にされなかったのよ！」

女店主が声を荒らげた。

「あれは女に興味がないのよ。きっとそう。名前は本当に知らないのよ。教祖様に倣《なら》って、みんな『師』と呼んでいたし。本当よ。――ねえ、まだ訊くつもり？」

彼女は酷く迷惑そうに、レイモンドを睨んだ。

流石にこれ以上は無理だと判断して、まだ何か言いたげなオリヴァーの腕を引っ張り、女店主に謝罪の言葉を残してレイモンドは部屋を出ていった。

＊

店を出ると、空はすっかり暗くなっていた。

街の中心にある時計塔が七時の鐘を鳴らしている。

貧民街の夜は淫靡《いんび》で危うい空気が漂っていた。ガラの悪い男達が闇雲に目をギラギラさせながら軒先やら暗がりにたむろい、娼婦は今宵の稼ぎと場所取りとで、愛想笑いと機嫌の悪い顔を交互に見せて、浮浪者は糧《かて》を求めて路地の裏から更に裏へと徘徊《はいかい》している。

一方で酒場や娼館は昼間のように眩《まぶ》しくて、仕事帰りの労働者達が店の女中達と馬鹿笑いしていた。陽気なメロディに歌声。時折聞こえる怒声と悲鳴。あらゆる感情が集まって煮詰められて凝縮されているような場所だが、オリヴァーはどこにも目移りすることなく、ただただ大股で通りを歩き続けていた。

「おい、オリヴァー」

碌《ろく》に休憩も取らず半日歩きっぱなしだったのに、どんどん先を行ってしまう相棒をレイモンドは追いかけた。小さく痩せた背中に時折声をかけたが、彼は一度も足を止めることなく、それどころか引き離そうとする勢いだ。

あれやこれや背負い込みがちな真面目な性格なのだろう。娼館でも居心地悪そうだったし、人知れず暗躍している謎の組織の一員——にしては、彼には初々《ういうい》しさが残っている。いい年した男なのに、と頭の片隅で思うと同時に、幼さの残る容貌が消えたはずの保護欲をくすぐった。

「なあ、ちょっと止まれよ。思うことがあるなら、俺が聞くから」

しかしオリヴァーは止まらない。言いたくないことなのか、それとも言葉が纏まらないのか、どちらにしても良い状況とはいえない。

煙突の煙が上る星空に、僅かに欠けた月が白く光っていた。

街灯の少ない道に出ると視界は途端に暗くなる。これで見失ったら厄介だし、ごろつきだの悪い連中だのは暗闇で息を殺して獲物を狙っているものだ。オリヴァーは瘦身《そうしん》で小柄だから、獲物には丁度良い。

流石にこちらも焦《じ》れて、舌打ちしたあと夜の街を走った。

「勝手に行くなって」

肩を摑むと、オリヴァーは急に足を止めてしまった。

今朝のように振り払われるかと思ったが、彼は微かに俯いたきり、肩で息をしている。すぐに声をかけようか迷ったが、彼の反応を、じっと待った。

今はゆっくりと気持ちを落ち着かせろ。そんな何気ない一言で過敏に反応してほしくない。

暫くして漸く落ち着いたのか、大きく息を吐き出すとゆっくりと面を上げていった。振り返ると、艶やかな双眸に怒りの色が滲んでいる。

「……ジェンティは一つの糧に拘《こだわ》る。眼球、心臓、──血液」

「あ」と、レイモンドは声を零した。

「失血死した五体の男性か！　心臓を喰う主催のジェンティと目玉を喰うジェンティ。それに血を喰らう妻っ」

ジェンティは欲求に忠実だ。真面目に愛を説く教祖様とその妻が「師」と呼ばれる謎の男との出会いをきっかけに、愛欲剝き出しの信仰へと変わっていったのなら、そのとき既に夫妻は人間ではなくなっていた可能性がある。

「つまり妻を含めてジェンティは三匹いたってことだ。あの場所に僕もいたのに二匹も逃がしたんだ」

押し殺すように告げたオリヴァーの言葉に、静かな怒気が滲んでいた。

「しかもその一人は目玉を喰うジェンティ。つまりカンヴァニア・ジェンティだったんだ。あの女の話から推測して、おそらく『師』と呼ばれていた若い男がカンヴァニア・ジェンティだろう。僕は気付かずに逃がした！」

強くて清らか過ぎる正義感が健気《けなげ》で愛《いと》おしい。抱き寄せて慰《なぐさ》めたくなる衝動に、レイモンドは胸の内で密かに戸惑った。

「自分を責めてんなら、やめとけ。時間の無駄だ」

「だけど、死人も出た。他にもいるとわかっていたら、先に手を打つことだってっ」

「あのヤバイ煙の中でか？　無理だって。下手をすれば、俺達までラリッてるところだったんだ。辛うじて理性を保てたのは寧ろ僥倖《ぎょうこう》だったと思うがな。――それよりもだ」

レイモンドはオリヴァーの頭を軽くぽんと叩いて、明かりの点いた店を指さした。

「俺達は働いた。だから今すぐに飯を食う必要がある。落ち込むならそのあとだ。まあ、満腹で落ち込んでいる奴なんて、見たことねえけどな」

行くぞ。と先に歩きだしたレイモンドに、オリヴァーは渋々ながらも付いてきた。

これで食欲がないとか言おうものなら、無理にでも食わせよう。そう企《たくら》んで店のドアを開けると、温かなスープの香りに漸く空腹を覚えた。

鳴ったばかりの腹を撫でると、後ろでも小さく鳴る音がする。

振り返ってニッと笑った途端に、レイモンドを押し退けてオリヴァーが先に席に着いていた。

仏頂面のその顔が耳まで赤くなっているのには、気付かないふりをしておいてやろう。


食べられるうちに食べておく。——が、オリヴァーのモットーらしい。

落ち込んで食事も手に付かないかと心配したが、そんなことはなく、寧ろ自分の不甲斐なさを食欲にぶつけるような勢いで、スープもパンもローストした肉も食べていた。食後にはレジの脇にあったカップケーキまでも手に取って食べはじめた。

「ケーキは今朝のほうが美味い」

「だから、そういうのは店を出てから言え。ちなみに、あっちはマフィンだ」

オリヴァーがテイクアウトしたカップケーキの分も含めての支払いをしながらレイモンドが注意して、髭の店主に睨まれながら店を出た。

時刻は八時近いが、一度署に戻る必要がある。報告書を書かなくてはならないのだ。

明日でもいいかと怠惰な自分が耳元で囁いたが、ジェンティが二匹も逃げたという事実を放置しておくのは流石にマズイだろう。

「俺は署へ戻るが、お前はどうする？」

「僕も行く」

「お前、やっぱり昨日、野宿したんだろ」

「逃したジェンティが気になって、もう一度街で捜してただけだ。野宿じゃなく、教会で寝たし」

「また勝手に鍵を開けたな。知らないのか？　それ、犯罪だぞ」

「僕は狩人だ。王立教会なら手帳を見せるだけで寝床を用意してくれる。そうじゃなかったら、国中を飛び回ることなんてできないからね」

やけに自慢げに、しかも饒舌《じょうぜつ》なオリヴァーの目元が火照っていることに、ふと気が付いた。

「お前、それ」

「あ！　僕が食べるんだっ」

細い手首を捕まえて食べかけのカップケーキを囓ると、ラム酒が口いっぱいに広がっていった。

「やっぱり、酔ってんな」

「この程度で酔うもんか」

「でも顔が赤いぞ」

「酔ってない。子供じゃないんだからな」

「ま、いいけどな」

からかって拗《す》ねられても困るし、よく喋《しゃべ》るオリヴァーの相手をするのも悪くない。

「……確かに子供じゃねえんだよな」

細すぎる体軀に、幼さを纏う横顔。長い睫毛なんて乙女のようだし、なにより街灯の弱い明かりにも、滑らかな光沢を放つ瞳が幼い姿とダブる。

昨夜、あの狂乱の屋敷の中で出会うまで、レイモンドの中のオリヴァーは二十年前に見た年端《としは》もいかぬ子供だった。それが急に大人になって現れたのだから、まだ気持ちの整理がつかないのかもしれない。

だけど思い出の中の男の子は、期待を裏切らずに綺麗なまま大人になっていた。不思議な縁《えにし》だとしみじみ想いに耽《ふけ》っていると、オリヴァーが腕を引っ張った。

「どうした？」

「署へ戻る前に、あれ、買ってくれ。鴨《かも》肉の焼けたいい匂いがする」

指を差したのは、サンドイッチの屋台だった。

「……よく食うなあ」

「食べられるときは食べておくって決めてるんだ」

その支払いが、なぜレイモンドなのかは謎だが。

これは経費で落ちるのか少し心配になったが、困ったことによく食べるオリヴァーを見るのも嫌いじゃないのだった。


ねだられるままに鴨肉のサンドイッチとワインを一本買い、署へと戻った。

オリヴァーとレイモンドが0課のドアを開くとエドワードが丁度帰るところだった。遅い帰りを労ってくれたが、寧ろこちらが心配になるほど疲れた顔をしていて、さっさと追い出した。

きっとオリヴァーに付き添えず不機嫌なリードを、エドワードなりに気遣った結果だろう。そのうち日を改めて、愚痴《ぐち》を聞いてやらねばなるまい。

時計は八時を過ぎて、九時に近い。日付が変わる前に帰りたいところだ。

　さて、やりたくもない事務作業の開始だ。エドワードのデスクを借りたいが、以前インクを零してしこたま叱られて以来、近寄るだけで嫌な顔をされる。

　課長の席は流石に気が引けるので、レイモンドは一人掛けソファで、ファイルを机の代わりにした。近くにあった資材の箱をオットマンにしたら、快適な作業スペースのできあがりだ。

　オリヴァーは長椅子を今夜の寝床と決めて、サンドイッチをつまみにワインを飲みはじめていた。

「毛布はいるか？」と声をかければ、「あるなら、訊かずに出すものだろ」と上から目線で言われ、動かしはじめたばかりのペンを置いた。

　元物置部屋だった0課には意外となんでも揃っている。毛布もその一つで真新しいそれを渡すと「もう一枚」と礼もなくせびられ、言われた通りにしてやれば丁寧に丸めて枕を作り寝転んでいた。

　再び事務作業に取りかかったが、不得手なだけにペンを動かすより唸っている時間のほうが長い。唸る最中に、あくびが出てきて、レイモンドは右目を擦《こす》った。どうやら二日間の疲れが出てきているようだ。

　一度疲労を認めると、全身に気怠さが纏わり付いてくるのに気が付いた。

　ここは一度仮眠を取るべきだろうが、しかし寝るなら自宅のベッドがいい。どうせ何を書いても課長は報告書に満足しないのだから、要点だけ連ねてさっさと終わらせればいいだけだ。

　しかし書けば書くほどに現実離れする気がしていた。昨夜も悪い夢を見ているのかと何度も疑ったが、今夜も自分の見てきたもの聞いてきたものが徐々に信じられなくなっていく。

　滅多にいないという化け物が、実は古屋敷に三匹もいたらしい。それは一体どれほどの確率なのだろうか、二度目のあくびをしながらレイモンドは思った。

どうにも頭がすっきりとしない。

「煙草いいか？」と向かいで寝転びワインを飲む相棒に許可をもらい、巻き煙草に一本火を点けた。

久し振りの煙を味わいながら再び紙面にペンを滑らせるが、すぐにも止まってしまい、ぼんやりとした思考を叱咤《しった》するように険しく眉を顰めた。

「眠そうな顔してるな」

「実際眠い」

思考に霞《かすみ》が掛かっていくのがわかる。それも急速に。

一度ペンを置き、座ったままで伸びをしてみた。頭を回すと、首がゴキゴキ鳴っている。少し眠気が遠退《とおの》いた気がしたが一瞬だ。すぐにも気怠くなって、点けたばかりの煙草の先を灰皿に押しつけた。

「諦めて寝たらどうだ？」

「長椅子は満席だろ」

「床が空いてる」

「冷めた目でそんなことを言われると、絶対に書き終えて、家のベッドで寝てやろうって気持ちになるな」

「それはよかった。僕も長椅子を取られる心配をしなくていい」

「誰が取るかよ」と言い返した直後、ぐらりと頭が揺れるほどの強烈な眠気に襲われて、膝の上から書類とファイルが落ちた。拾うのに上体を倒した途端にまたも意識がブレる。眠気に耐えているせいで、息が上がってきた。

「あー……床は嫌だあ……」

ぼやいたレイモンドを、オリヴァーが冷笑している。

酒の肴《さかな》か暇潰しか、どちらにしてもぐらぐらと頭を揺らしている姿は滑稽で、からかい甲斐があるのだろう。クソッと、両手で頬を叩いて気合いを入れて作業に戻った。しかし黙っていたらすぐに眠気で意識が落ちそうだ。ここは喋って気を散らすしかない。

化け物退治に関して、レイモンドはまだまだド素人だ。この際だからいろいろ訊いてみたかった。

「なあ。ジェンティってのは徒党を組むのか？」

「もしかして喋って眠気を払う作戦か？　まあ、いいけどね。――少なくとも今までのジェンティはみんな単独行動だった。夫婦ははじめてだが、でもカンヴァニア・ジェンティが裏で手引きしているのは間違いないだろう。眼球を喰うのは、僕が知る限りカンヴァニア・ジェンティだけだ」

「眼球を喰う化け物か……。主催は心臓を喰ってたな。四人も」

「そう。その妻は血液だ。言っただろう、ジェンティは一つのものに拘り糧にする。今までにも小指だけを喰う者や、髪や右足だけ、とかね。喩《たと》えを引いたらキリがない」

「五人分の血を飲むなんて、よっぽどだぞ？　ワインだって珈琲だって、一度でそんなに飲めやしないもんだ。そんなものばかりを喰ったり飲んだりする意味ってなんだろうな」

「意味か……」

オリヴァーは急に考え込んでしまったが、その反応に少なからずレイモンドは驚いた。

「それまでわかってないとか言うなよな」

「生憎僕は討伐のプロであって、生態についての専門家じゃない」

しらりとワインボトルの飲み口を舐めたオリヴァーに、レイモンドは軽く天を仰いだ。

そのまま意識が持っていかれそうになって、慌てて正面を向く。背筋がぞわついていた。悪感というより、快感に近い。絶頂を堪えているような、背筋の強張る刺激が絶えず続いている。

本当に眠気なのか？　なんだか違うような気もするが、思考を巡らせるには鈍り過ぎている。

「今日一日一緒にいて、お前が冗談を言うタイプじゃないと理解した俺が念を押すが、つまりはわかってないいんだな」

「生態がわかっていたら、この世にジェンティが一体か二体増えているだろうね」

「製造悪用する奴らもいるかもな。首輪でも付けて躾《しつ》けられるなら楽な話だが」

「その前に喰われているだろうな」

ちびちびと瓶を傾けながら、ぼんやりとした瞳が酔気に熱を帯びていた。

二十年振りに見ても、その瞳の輝きに惹き込まれる。そのまま意識が持っていかれそうだ。ぐっと歯を食いしばり、そのあとで大きく息を吐き出した。

「ジェンティは人を誘惑する術《すべ》を持ってる。喩えばカンヴァニア・ジェンティなら笛の音だ。昨日倒したアイアトン・ジェンティは定かじゃないけど、あの場にいた客達の心酔ぶりから判断して、おそらくあの男の声だろう」

「だったら妻のほうは？」

「まだ断定できないけど、多分酒だ」

「な、に？」

ぼやけた思考が一瞬覚めた。

「さ、酒……？」

尋ねたその声が掠れて、上擦っていた。肘掛けを握り締めながら深く俯くと、首筋を快感が撫でていく。肌の上を這《は》う刺激に瞠目して、レイモンドは奥歯を噛み締めた。

これは、ヤバイ。いよいよヤバイ予感がする。

「娼館の女店主が言ってただろう。若い男ばかりにウエルカムドリンクを配っていたって。失踪者が特定できるなら、血液がないのは全員若い男だということに間違いないだろうね」

内心焦るレイモンドに気付かないオリヴァーは、残り少ないのかワインボトルを軽く揺らしていた。

飲み口の穴をじっと見つめて、また口を付ける。首が軽く仰《の》け反《ぞ》ると、こくり――と小さな音がして、浮き出た喉仏が微かに上下するのが見えた。

オリヴァーはホクロ一つないきめ細かな肌をしていた。今は酒気で桃色に火照り、露気を纏ったような質感が見ているだけでも、はっきりとわかる。

は…と大きく息を吐き出した直後にレイモンドは我に返った。

今、彼の首筋をしゃぶりつくように凝視していた自分がいた。気を抜いたら、まさにそこに食らいつきそうなほど強烈に魅了されていたことに、たった今気が付いてしまった。

なんなんだ、この衝動は。狼狽《ろうばい》して口を押さえると、オリヴァーがいつの間にかこちらをじっと見つめていた。栓を開けてから一度も手放さなかったワインボトルをテーブルへ置き、半身を起こしてソファから足を下ろした。

「怪しげな会で配られる酒なんて飲むほうがどうかしてる」

「……う」

その台詞《せりふ》を聞いたのは、奇《く》しくも二度目だった。昨夜は軽口で返したが、流石に今夜は唸るばかりで何も出てこない。こうしている間にも、こめかみに浮いた汗が頬を伝い、顎の先からぽたりぽたりと落ちていった。

「もう一度言うが、怪しげな会で配られる酒なんて、飲むほうがどうかしている」

「…………か、…………返す言葉もございません…………」

一口味見したら、飲みやすくて美味かったのだ。元々気が乗らない任務だし、これくらいは愉しんでもいいだろうって……そんな他愛のない気持ちからだったのに、その結果がこれか。

しかもエドワードの分まで欲張って飲んでしまった！

「はっ……、……ぅう……だけどなんだって今頃……っ。昨日はなんともなかったんだぞ」

「そんなこと知らないよ。昨日は五人分の血を飲んで腹が満たされていたんだろう。今発作がはじまったってことは、つまり彼女は今どこかで腹を空かせているだろうってことだ。きっと餌を喰うまで発作は止まらない」

「……随分と遅い飯の時間だな……クソッ」

「多分この発作は一度だけじゃ終わらないはずだ。ジェンティは餌に拘る。主催の男は女の心臓だったし、妻も男ばかりにウエルカムドリンクを配ってた。カンヴァニア・ジェンティだって以前は子供の目ばかりを喰っていたし、基本的に執着が強い。だから選んだ男を簡単には逃がさないだろう」

「……次から次へと……絶望的なことを言うな……あー……くそお……っ」

ソファに深く凭れながら、レイモンドはぐったりと項垂れていた。

体内で爛《ただ》れるような熱が鼓動に合わせて強弱を繰り返していた。呼吸は激しく乱れて思考はほぼ停止しているが、ここが0課で、テーブルの向こう側にはコンビを組んだばかりの相棒がいて、自分が今ヤバイ状態であることがわかっていれば十分だろう。あとはプロにお任せしたい。

「そんなふうに期待の目で見られても困る。ジェンティが誘惑する術は個々によって違うんだ。誘惑されたら最後、自分で抗うしかない」

「……こ、これでもスゲー抗ってるっていうか、……耐えまくってんぞ」

言葉を返すだけなのに、躰が小刻みに震えていた。意識が突然に途切れて上体が傾《かし》ぐと、オリヴァーが肩を掴んだ。

「しっかりしろ」と叱られて我に返ったが、その声が遠くに感じられる。同時に別の声が——やけに艶っぽい女の声がレイモンドを呼んでいた。

「ああ……ヤバイぞ。なんか……、……ぃ、行かねえと……」

項垂れていた頭をのろりと上げて、レイモンドは立ち上がろうとしたが、肩を押さえられて動けなかった。突き飛ばそうにも腕の力が入らずに、オリヴァーの痩せた胸をシャツの上から掻くだけだ。

「この部屋にロープはあるか」

「……ろ……」

「ロープ！　縄だ！　なんだっていい！　早く！」

「わ……わかんねえ……いや……箱の中に……どっかの……いや、端の……」

記憶にある箱をもたもたと指さすと、レイモンドの前からオリヴァーが消えた。

彼が背後で箱をひっくり返している間に、気怠い躰を起こしてドアに向かい歩きだす。

自分がどこへ行こうとしているのかわからないが、頭の中で絶え間なく響く甘い声に耳を傾けているだけで目的の場所へと導かれるだろう。その確信だけがレイモンドの胸に安心感をもたらした。

その一方で早くその場所へ辿り着きたいという欲求が、重たい足を急かしている。

あと少しでドアノブに指先が触れようというとき、背後から力強く腕を引かれてレイモンドは床に倒れた。

「いってえ……っ……おいっ」

「じっとしてろ！」

仰向けで倒れた躰を、オリヴァーが押さえ込むようにして跨がってきた。

荒っぽい手つきで躰に縄を巻いていくが、レイモンドも力任せに払い退けてオリヴァーを突き飛ばす。細い躰が強《したた》かに床に打ちつけられて、涼しげな美貌が苦痛に歪んでいたが、すぐさま起き上がり再びレイモンドに乗ってきた。

しつこい。だが、もう一度払おうとする前に力強く肩を押さえられ、こちらが動こうとした途端に膝頭が腹部を圧してきた。

「無理に動くと内臓がダメージを受けるぞ。ついでに吐くかもな。勿論手加減はしない」

息苦しさと鈍痛に呻くレイモンドを、新緑色の双眸が力強く射貫《いぬ》いていた。

「呼ばれてんだ……ずっと……早く、ぃ、行かねえと……」

「そんなのはまやかしだから、大人しく縛られろ」

「で、きる、わけ、ねえだろっ」

「できなくても、やるんだよ」

尚も強引に縛ろうとする手を払い、負けじと押し退けたが、相手は化け物相手に飛びかかるような奴だ。こっちがどんなに抵抗しても、怯《ひる》む気配も諦める兆しもなく、寧ろ一瞬の隙を突こうとして目をギラつかせる。

ちょっと突き飛ばしただけで軽々と飛んでしまうような華奢な躰のくせに、無茶をしすぎだ。

一向に引かない強情さにレイモンドは苛立って、その腕を掴んで逆に押し倒した。オリヴァーが咄嗟に驚いた顔を見せたが、すぐにも腕を押し上げてくる。気を抜いたらまた逆転されそうになって、今度は力比べのはじまりだ。

一体いつまで、こんな子供の遊びみたいなことをしているのか。舌打ちして、目に付いた縄を掴むと、オリヴァーの手首に巻き付けていった。

「クソッ、逃げんな！」

あと少しで結べたところで腕を引かれて、手首を摑んだ。馬乗りになったレイモンドの下で、オリヴァーが暴れている。レイモンドを抑えようとしたときよりも強い力に手こずり、床に押し付けた。

「動くなってっ。なにもしねえから……っ」

離れようと藻掻《もが》くオリヴァーの腕が強張り、小刻みに震えている。レイモンドも負けじと手首を押さえる手に力を込めると、綺麗な顔が苦悶に歪んで、噛み締めた唇の隙間から呻きが洩れた。

取っ組み合いが漸く落ち着いて、静かな室内には二人の乱れた呼吸音だけが聞こえていた。

少しは大人しくなってくれるかと思いきや、こちらの力が僅かでも緩もうものなら細い腕が抗おうとする。

まったく。諦めようとしない気概には心底感心するが、その格好は酷いものだ。揉み合ったせいでカーディガンは裾が胸の上まで捲れて、ぐちゃぐちゃになっていた。中のシャツも同じで臍まで見えているし、ボタンも幾つか千切れ飛んだらしく、襟が大きく開いて鎖骨が覗いている。

飲んで暴れたせいで首筋から鎖骨まで、うっすらと桃色に染まっていた。オリヴァーの変化に気付いたレイモンドは、色を変えたそこを凝視した。なぜだか目に留まったときから、視線が動かせない。

こうしている間も、頭の中では甘い声が「ここへおいで」と誘っている。オリヴァーなんて放って、今すぐにも声の主の元へと行きたいのに、彼から目が離せない。

「う…」

呻いた自分の声が遠くに感じられていた。

躰が芯から熱を持っていて、熱くてたまらない。呼吸は激しく乱れて、意識も朦朧《もうろう》としているのに、オリヴァーを見下ろした目だけが異様にはっきりしていて、瑞々しい肌を網膜に焼き付けていく。

薄っぺらな胸がシャツの上からでも上下しているのがわかった。強く摑んだままの手首が微かに熱を持ち、汗ばんでいる。細い手首だ。レイモンドがあと少し力を入れたら折れてしまいそうなくらいに華奢で、彼の躰はどこもかしこも危うい。

はやくおいで、さあキスをしてあげる。——愛欲を帯びた女の声がレイモンドを誘う。

熱い吐息に火照った唇。汗に湿った頬が赤く上気していた。瑞々しい果実のようで、無意識に撫でた途端にオリヴァーが胸を押し上げようとしてきたが、レイモンドの躰は動かない。

「正気に戻れ」

「……俺は……」

確かに正気ではないかもしれない。だけど。

「お前が……」

おいで、おいで、と吐息交じりの誘惑の声が、眼下の青年のそれと重なっていくのだ。

頭の片隅では違うとわかっているのに、色を濃くした頬や唇に魅了されている。乱れた金糸の髪を横から梳《す》くと、びくりと大袈裟に肩が跳ねた。

「おい…」

警戒を帯びた声。

私に触れて——と重なるように囁かれて、ダイレクトに肉欲を刺激してきた。

ぞく、と背筋に甘い痺《しび》れが走って、咄嗟に身を離した。

床に尻餅をつき、足をもつれさせながら立ち上がる。そしてドアノブに手を掛けた直後、またオリヴァーにシャツの背中を掴まれて引き戻された。

腕を振りほどこうと藻掻くレイモンドと、絶対に離そうとしないオリヴァー、押したり引いたりを繰り返しながら不格好なダンスを踊り、最後には課長のデスクとぶつかって二人で床に倒れた。

「く…っ」

後頭部と背中をぶつけて呻く隙に、またオリヴァーに上を取られた。

「動くな!」

押し返そうとした途端に強い口調で命令され、反射的に手が止まる。

乱れた前髪の隙間から、怒気を滲ませた眼光がレイモンドを一点に捕らえていた。

上気した頬を汗が筋を描いて伝っていく。はあ、はあ、と二人の浅い呼吸がまた室内に響く最中、下腹部から迫《せ》り上がってくる肉の衝動にレイモンドは尚も呻いた。

耳の裏で鼓動がどくどくと鳴って煩《うるさ》い。逆上《のぼ》せるような熱に頭がぐらぐらしている。息を吐くたびに獣のような呻きが洩れていた。下着の中が汗に蒸れて、爛れるように熱い。

スラックスの前が大きく帆を張っていることには、オリヴァーも気付いているだろう。それで動くなと言うのは酷だ。

「俺だって……好きで、こうなってるわけじゃ、ねえんだよ……どうしようも、……ああ、クソッ」

躰の疼《うず》きが段々と強くなっていく。じっとしていられない刺激にレイモンドが身悶えすると、オリヴァーが腰を摑み押さえた。

「文句を言いたいのは僕のほうだ。やっぱり今夜も教会へ行けばよかった」

「だったら、今から行くか？」

「あんたは自分から喰われに行くつもりか？　大馬鹿だね」

「うるせえ……っ、どかねえと、また突き飛ばすぞ」

細い腕を摑み、ギリギリと睨むレイモンドにオリヴァーが冷眼視で応戦する。お互い一切引く気のない睨み合いが続いたが、最後にはオリヴァーが憤懣《ふんまん》やるかたない様子で大きく息を吐き出した。

「諦めたか」

肩で息をしながらレイモンドが訊くと、口をへの字に結んで不機嫌に見下ろしてきた。

「寧ろそうしたいよ。そのほうがあんたに喜ばれるだろうし」

「だったら」

上からどけ。と、言う前にオリヴァーがレイモンドのベルトを外しはじめた。

「おいっ」

「動くなっ」

身じろぎした途端に、また腰を捕まえられた。

何を考えているのか、目を見開くレイモンドを鋭い視線が射貫く。緑色をした瞳に炎のような怒りが見えて、肉の衝動も忘れて硬直した。それをオリヴァーはよしとしたのか、レイモンドのベルトを引き抜いて、更に前の合わせボタンを外してきた。

「お、おいっ……おいっ、オリヴァー」

本当に何を考えているのか。レイモンドのそこが大きく張っていることは、見ればすぐにわかることだし隠しようもない。ボタンを外すごとに下着の中に快感が走って、そのたびに腰がビクついた。あまりに長い間、息を乱しているせいで、さっきからくらくらしている。当然冷静な判断なんてできるはずもなく、今だって甘く濡れた女の声がレイモンドを誘い続けている。そこへきてオリヴァーだ。スラックスの前を開いたあと、下着に手を掛けた。

「ちょっと待てッ」

さすがにマズイ。

咄嗟に手首を摑むと、また鋭く睨まれた。こいつは本気だ。

「な、……なに……？」

「誤解するな。要は怪しげな酒が性衝動を煽《あお》っているんだろう。だったら落ち着かせればいいだけだ」

「そっ、そうだがっ、そうだとしても……――っ」

レイモンドが声を裏返して焦っているのに、オリヴァーはこんなときまで冷静だった。

躊躇いもなく下着を下ろされた途端、芯を硬くしたそれが勢いよく幹を起こした。するとオリヴァーの白い眉間にみるみる深い皺が描かれて、文句を言いたげな瞳がこちらを睨む。しかし勝手にはじめたのはオリヴァーであって、寧ろレイモンドは被害者なのだ。

「だから、やめろって……だからさっ。お前、実は滅茶苦茶酔ってんだろっ」

そうだ。店でもグラスを空けたし、ラム酒のケーキも食べていた。ここでもワインの瓶を空にしかけているし、顔は少し火照ったくらいだが、実際は相当回っているに違いない。それを訴えたが、仏頂面は口を開くこともなくレイモンドのそれを無遠慮に握ってきた。

「――っ」

同じ性別とは思えないほど白く細い指が、レイモンドの性器に絡んでいた。

赤黒く変色したそれは、太い血の筋を浮かべて自分の目にもグロテスクなのに、しなやかな指がそれに触れると一層生々しく映る。

触れられただけで下腹が強烈に痺れていた。躰の芯が熱に熔《と》けそうだ。浅くて途切れがちな吐息を繰り返しながら、オリヴァーの手を凝視し続けた。

彼の手は逡巡《しゅんじゅん》することもなく、幹の根元から先へと滑っていく。

彼の手の平が熱かった。レイモンド自身の熱と混ざり合い、汗で湿っていく。同時に杭の先の細い割れ目から透明な汁が染み出てきて、筋を伝いながら零れていくと、上下の動きが急速に滑らかになっていった。

呆然としているくせに興奮してる。仏頂面で事務的な動きは、商売する気のない娼婦よりもきっと酷いはずだが、これがオリヴァーの仕業だと思うと全身の毛が逆立《さかだ》ちそうなくらいに、激しくクるものがあった。

幹の先からだらだらと零した汁で、いつの間にかオリヴァーの手がてらてらと濡れ光っていた。自分の出したそれが彼の手を汚している。それでも一途《いちず》に動かす様子が健気でたまらない。

気が付けば、オリヴァーの吐息も微かに乱れていた。長い金の睫毛に縁取られた瞳が、屹立《きつりつ》した性器へと一心に注がれている。

目元が赤らんでいるのは酔いのせいなのか、それとも――。

「ッ……レイッ」

それとも、この躰に興奮しているのか？

そう思ったら、躰が勝手に動いて、オリヴァーを押し倒していた。

床の上に金色の細い髪が散らばっていた。怒りよりも驚きのほうが勝ったらしく、オリヴァーは目を見開いている。緑の眸子《ぼうし》の中に自分の顔を見付けて、レイモンドは嬉しくなった。

「今……やっと、呼んだな」

はじめて呼ばれたのは、名前ではなく愛称だった。一気に一線を飛び越えられた感じだが、こうなった以上はそれもアリか。

白い首筋に顔を埋《うず》めると、人肌の心地よさに背筋が蕩《とろ》けた。オリヴァーは焦った様子でレイモンドの肩を押してくるが、微かに感じるワインと汗の匂いに頬ずりが止められない。唇で愛撫《あいぶ》したところが湿り、軽くキスしただけでしっとりと吸い付いてきた。

「やめ……っ、やめろ、レイッ」

嫌々とかぶりを振って抵抗されて顎を摑んだが、それでも尚顔を逸らそうとしながら強気な目が睨む。感情の昂《たかぶ》りで爛々《らんらん》と光る翠が眩しい。この瞳にレイモンドは長年魅入られていた。それが目の前にあるという奇跡に興奮が抑えられない。

「オリヴァー……俺は……」

「怪しい酒でラリッてるだけだ」

熱いまなざしを冷淡に否定される。「そんなことはない」と否定しようとするのを、乱暴な愛撫が邪魔する。

「く…っ……ぅわっ」

強い快感に背筋が痺れて、上擦った声と一緒に腰をびくつかせた。

反射的に半身が浮いたが、オリヴァーが背中に左腕を回して逃がさない。その一方で強めに幹を扱《しご》かれ、搾り出される快感にレイモンドは喉の奥でしきりに呻く。性器がどろどろと濡れていった。

オリヴァーの首筋に顔を埋めながら、縋る物を求めて彼の腰を抱き締めた。予想以上に細くて、強く抱き締めたらここも折れてしまいそうだ。

男の躰なんて興味はないが、同じ性であることを疑うような躰つきがハードルを下げてしまうのか、煽られれば煽られるだけ、じっとしていられなくなってきた。腰を抱いていた手で外腿を撫でると、愛撫の手が一瞬止まった。

「動くな」

険しい口調で言われると、なんだか余計に触れたくなるから困る。外腿を撫でた手を内腿へと滑らせるなり、膝頭で蹴られた。

「動くなと言ってるっ。……やめろっ、僕に触るなっ……駄目だっ……レイ、だめ……！」

焦った声に煽られて、ズボンに手を入れた。

そのまま下着の中にあるそれを軽く握ると、じんわりと強い熱が手の平に伝わってきた。心なしか強張りはじめたそれは、レイモンドへの奉仕で興奮したということだろうか。

真意を訊いたら殴られそうなくらいに、目の前の相棒は怖い顔をしている。しかし酔っているとき以上に頬を赤くしていて、心なしか涙目だ。

「……オリヴァー、……お前……」

微かに潤んだ瞳を見て、素直に可愛いと思ってしまった。

キスしようとした途端に手で顔を押さえられた。指の隙間から見えた怒り顔さえ胸を熱くさせる。

これは怪しげな酒の効果なのか、それとも——？

いや、そんなことは今どうだっていい。躰の奥深くから湧き上がってくる衝動を堪えきれない。

オリヴァーのそれを下着の中から出そうとすると、「駄目だっ」と切羽詰まった声で腕を押さえられた。爪が皮膚に食い込みそうなくらいの強い力で掴まれたが、こっちが嫌がっても散々していたのはどこのどいつだ。

俄然やる気になって手の中で捏《こ》ねてやると、戸惑ったように瞳が見開かれた。

腰を引こうとしたが、体格の差は歴然としている。身動きできずに焦る顔を間近で眺めながら、指の腹で幹の先を撫でると、オリヴァーが掠れた悲鳴を上げて背筋を仰け反らせた。

手の中のそれが、大して愛撫されていないのに、じんわりと濡れていく。指の先で滑《ぬめ》りを確かめると、オリヴァーがか細く鳴いて肩にしがみついてきた。

「だ、だめだ……、手ぇ…は、離せ………ヤッぁ……あ！」

幹を軽く扱いただけなのに、甘く掠れた声が静かな室内に響いた。彼がしてくれたように根元から先へと搾るように愛撫すると、白い首筋が反る。首に浮き出た筋を唇と吐息で撫でながら、漸く下着の中から性器を出した。

瞬《また》く間に芯を硬くしたそれは、レイモンドのよりも幾分小ぶりで手の中によく馴染む。少し扱いただけでもビクつくほどに素直な躰だ。口を開けば無愛想極まりないのに、このギャップは嬉しい。愉しくて仕方ない。

キスしようとして、また顔を押さえられた。

赤く染まった顔が、さっきよりも怖い。仕掛けてきたのはそっちなのに、流される気がまったくないところが憎らしいというか。そんな反応さえ今はレイモンドを煽る材料でしかない。

「止めさせる方法なら、もうわかってるだろ」

中途半端に手を止められて、こっちだってつらい。さっきから汗がだらだら垂れて気持ち悪いったらないし、とにかく熱い。躰の芯が焼け付きそうだ。

「しねえと、マジで終わんねえぞ」

いつまでレイモンドの顔をブロックしているつもりなのか、意地悪く手の平を舐めてやると、弾かれたように引っ込めた。

「こんなこと……」

オリヴァーはまた小さく呻くと、嫌そうに手を下ろして、長らく放置されていたそれを漸く握ってきた。

「……っ……あー……クソッ」

触られただけで軽い絶頂感に襲われて、尾てい骨が痺れる。

オリヴァーの肩の上で激しく息を切らしながら、レイモンドも愛撫を再開してやると、耳元でせつなげに吐息を洩らした。く、と幹を握る手が強くなって、こっちまで息を詰まらせる。

二人して険しい顔。眉間に皺を寄せながら、ぎこちなく見つめ合い、競っているわけでもないのに扱く手の動きが速くなっていく。

「ん……んん……ふ、……ん、ん……っ」

オリヴァーが肩をいからせながら首筋を反らした。かぶりを振るたび、金の細い髪がばさばさと音を立てて目の前で跳ねている。汗でうっすら湿ったそれが時折レイモンドの顔をくすぐってきた。

レイモンドはレイモンドで、背筋を上ってくる快感に歯を食いしばっていた。

酷くぎこちない動きがもどかしく肉欲を刺激する。手の中はオリヴァーの出したそれで、ぐっしょりだ。しかしあと少しの刺激が得られないことに苛立って、レイモンドは彼のそれと自身のを一緒に扱きはじめた。

「なっ…ぅ、あっ……レイ…ッ」

「離すなっ……ぁあ……、……は……」

咄嗟に引こうとした手を捕まえて指を絡めた。

二人の手の中で、サイズの違うそれが触れ合い熱を伝え合う。嫌がるオリヴァーを強引に巻き込みながらほしいままに快楽を貪ると、腕の中で細い躰が激しく身悶えた。

「あっ、ア…ッ……や、ぁ……レイ…、だ、だめっ……！」

追い詰められた涙交じりの声が、ぐっとクる。駄目だと言われたら、余計にしたくなるアレだ。

「オリヴァー…っ、……お前っ、……わかってねえだろ……っ」

嫌がれば嫌がるほどレイモンドを興奮させていることを。

それを息切れしながら言えば、潤んだ瞳で睨まれた。

「わ、…わかんなくていい……！」

左の手で肩を容赦なく叩かれて、鈍い痛みにレイモンドは呻いた。仕返しに先端の細溝を引っ掻くとオリヴァーが息を詰まらせて胸を突き出す。

「だめっ！　ヤッ、やあ……！」

内腿をビクビクと痙攣《けいれん》させながら、踵《かかと》が床を蹴る。焦った様子で叩いた手で肩にしがみついてきたが、もう片方がレイモンドの強張りを握り締めてきた。

「ちょ……お、お前……っ」

ぐう、と血流が堰《せ》き止められて、息が詰まった。

焦るレイモンドを更に煽るように、根元から先へと扱き上げてくる。そのつもりはなくても先走りの滑りのせいだ。一際強く扱かれて、レイモンドは総毛《そうけ》立った。絶頂が背筋を擦《かす》る。熱い。

「お…っ、おま、…………！　オリヴァー……――――ッ」

「い、あ！　あ！　アァ――……ッ」

「く……うッ」

オリヴァーに追い詰められてレイモンドは精を放った。

オリヴァーはレイモンドの手の中で精を吐き出して、二人ともそのまま暫く動けない。静かな部屋に二人分の荒い呼吸だけがして、火照った躰を冷たい床が癒《い》やした。

「……レイ」

長いじゃれ合いが落ち着いて、少しの肌寒さを覚えた頃、オリヴァーが口を開いた。

「……どうした、オリヴァー」

「報告書には書くなよ」

「書かねーよ。書くわけねーだろ。書けるわけがねえ」

あー……と、気怠く呻いて、レイモンドはのろりと腰を起こした。腕を引いてオリヴァーを起こすと、また二人でぐったりだ。

「……シャワー、行くか？　夜遅えし、誰もいないだろ」

「その前に着替えをくれ……これじゃ、シャワールームにも行けない……」

「あー……」

黒いズボンにべっとりと付いたそれは、レイモンドのものだろう。ガリガリと頭を掻いたあとで、自分の手にもオリヴァーのそれが付いているのを思い出して、気の抜けた溜め息を零した。

気が付けば、誘う声はいつの間にか消えて、なんともいえない微妙な空気だけが残されていた。

「でもこれで、俺達が必死にアジトを捜さなくても、さっきの発作が起きれば向こうから招いてくれるんじゃねえのか？」

ふう、と肩で大きく息を吐き出したレイモンドに、オリヴァーは微かに目を輝かせた。

「あんた、転んでもただじゃ起きないな」

「元一課刑事だからな。便利だろ、俺も」

「そういうのは、誰もいないところで言うんじゃなかったのか？」

「今はお前と俺だけだろ。よかったな、教会に泊まらなくてさ」

「泊まったほうが、平和な夜だった」

つれない返事のあとで、オリヴァーは大きなあくびを零していた。

＊

ドアの閉まる音に気が付いてレイモンドは目を覚ました。

後頭部の痛みと背中の冷えに身を捩《よじ》りながら、結局昨夜は帰宅を諦めて課の床でごろ寝したのを思い出した。のろのろと起き上がり大あくびをすると、テーブルに湯気の立つカップが置かれて、レイモンドは顔を起こした。

「おはようございます」

リードだった。

朝からさっぱりとした顔をして、髪もスーツも完璧だ。こんな男とベッドを共にしたら、寝起きの顔は絶対に見られたくないと思えるほどに隙がなく、リアルタイムで寝起き状態であることに、少しばかり妙な気恥ずかしさとプレッシャーを覚えてしまった。

「昨日は帰らなかったんですか？」

「ああ……報告書が終わらなくてな。帰るタイミングを逃した」

「それはそれは、お疲れ様です。——で？　オリヴァーも？」

「そっちは宿無しだ。おい、起きろ、オリヴァー。朝だ」

テーブルの向こうへ声をかけると、長椅子の毛布の山がもぞりと動いて、鬱陶しそうに呻いている。

「オリヴァー、焼きたてのマフィンが冷めますよ」

マフィンの一言にオリヴァーが跳ね起きて、ぱちぱちと忙《せわ》しなく瞬きしている。呆《ほう》けたその顔にレイモンドとリードの二人が笑うと、漸く状況を理解したのか途端にむっすりと不機嫌な顔になった。

「食べたら顔を洗って。二人とも酷い寝癖だ。それではいい仕事なんてできませんよ」

「ああ、確かに酷い寝癖だぞ、オリヴァー。頭の上で竜巻が起きてる」

温かな珈琲を飲んでオリヴァーを指さすと、早速マフィンを齧る彼は頭を撫でながら、少し腫れぼったい目を細めた。

「レイだって馬に散々踏まれたような寝癖だ」

「なんじゃそりゃ。どういう意味だ」

触ってみたが、馬に踏まれたようかどうかはさておき、大分いい感じに暴れ回っているようだ。

「無精髭も酷い。見ていると酷い二日酔いになった気分がしてくる」

「それは言い過ぎだろうが」

珈琲店の店主にも同じことを言われたが、つまりはよっぽどってことか。

無精髭だらけの顎を撫でて、疲れの残る首筋をガリガリと掻きながら、更に言い返してやろうと思ったが、二歳下のくせに一本の髭も見当たらないすっきりとした美貌に、この差はなんだと天を仰ぎたくなった。

「じろじろ見るな。寝癖は食べたら直す」

レイモンドの視線に少し俯きながらオリヴァーが顔を逸らした。目元にうっすらと気恥ずかしさが滲んでいて、咄嗟に昨夜のことを思い出したレイモンドも渋面になって小さく咳払いする。

「俺だって珈琲を飲んだら直すさ。髭も剃る」

なんだか微妙な空気を察して、返す言葉がぎこちなくなったが、心の距離は確実に近付いた気がする。それが嬉しくて珈琲を飲む口元が緩んでいる自分に気が付いて、レイモンドは余計にこそばゆくなっていた。

できるなら、もっと心を通わせてみたいのだが……。欲張ったことをちらりと思うと、頭上でリードが咳払いをして二人を交互に見た。

「あなた達、いつの間にか随分と仲良くなったんですねぇ」

含みのある声音に、レイモンドは焦った。

「あ……いや、別にそういうわけじゃ……」

「そういうわけじゃない」

言い訳する声が見事に重なってしまい、互いに苦々しい顔つきだ。

一方、リードは笑みを露骨に強くした。

レイモンドはぎくりとした。しかもこんな時にかぎって、適当な言い訳の一つも出てこないのが歯痒い。というより、リードに見つめられた途端、レイモンドを映した漆黒の瞳に嫉妬の色が見えて、言い訳が何も出てこなかったのだ。

流石オリヴァーに心酔しているだけのことはある。

「オリヴァー、昨夜は何か愉しいことでもあったんですか?」

「……別に。何もない」

ぼそぼそとしてはっきりしない返事が、オリヴァーらしくなかった。訊かれたところで当然答えられるはずがないのだが、リードは食い下がる。

「何もなくて、親密な空気になれるのなら、私だってあなたとそうなっているでしょう。それとも私に言えないようなことなんですか？　ねえ、オリヴァー」

「だから、何もないって言ってるだろう。き、……気にしすぎだっ」

オリヴァーは気恥ずかしくて言えないだけなのだが、突っ撥《ば》ねれば突っ撥ねるだけリードを勘ぐらせる。

耳まで赤くしているオリヴァーが少し気の毒に見えたが、困ったことにレイモンドの目には、照れて焦っている様子も可愛らしく映っていた。

三章

「これ、集まる意味あったんですか？」

「ニコルズ」という名の古いパブで、店オリジナルのビールに口を付けたあと、エドワードは高い背を少し丸めて円卓に肘を突いていた。

眼鏡越しの視線の先には、少し離れたカウンター席で肩を並べるオリヴァーとリードがいる。

店が仕事帰りの飲み客で賑わっているおかげで、二人の会話は聞こえないが、どうやらリードが飲むのも忘れて一方的に喋っているようだ。オリヴァーは時折頷きながらグラスビールを傾けていたが、心なしか興味なさげな様子だ。しかし相手に興味がなさそうなのは、目の前のエドワードもなのだが。

「歓迎会兼親睦会ですよね？　言葉の意味、わかってます？」

「しょうがねえだろ。どうせ俺達が輪に加わったところで、リードがいい顔するとは思えねえし」

「私はともかく、あなたはね」

密かに気にしていることを指摘されて、ぐっと顔が強張った。

「……俺、やっぱリードに嫌われてるよな」

「ええ、間違いなくね。あなた、何したんです？　今日なんて、あの人イライラしっぱなしでしたよ。下手に物腰がいいから、嫌味が冴えまくって冴えまくって仕事にならないし。そもそもなぜ私がその被害に遭わなくてはいけないのか甚《はなは》だ疑問です」

「あんたがストレスを溜めてると思って心配したから、飲みに誘ったんだろうが」

「誘ってくれるのなら、ストレスの原因が視界に入らない気遣いが欲しかったですね」

リードもリードだが、エドワードもエドワードだ。気難しい二人が、あの狭い課の中で一日じゅう顔を突き合わせていると思うと地獄でしかない。

昨日は酷く疲れた顔をしていたし、ストレス発散にと気を利かせて声をかけたのは失敗だったのか。店御自慢のビールがちっとも美味くなかった。

「課長も来てくれりゃよかったのに。ちゃんと誘ったんだぜ？」

「家族との時間を何より大切にする人ですから、来るわけがないでしょう。私も帰りたい」

「悪かったなあ、誘っちまって」

「まあ、少しは飲みたい気分だったので、いいんですけどね」

そう言って、エドワードの視線がまたリードへと向けられていた。

「あの人、よっぽどオリヴァーが好きなんでしょうね」

「あ？　ああ……そうみたいだな」

「昨日も今日も、仕事の話となると口が重たくなるくせに、オリヴァーの話題になった途端、急に饒舌になるんです。組織の中でも特殊な調査官として有名人らしいですから、仕方ないんでしょうけど」

「オリヴァーが何を？」

「小柄なのに戦い方が無茶過ぎるとか。相手が相手だけに慎重を期すべきところを、オリヴァーは少々強引な手を使うとかで、私からすれば特殊というより問題児ですね」

「まあ、それは俺にも覚えがあるな」

ジェンティに向かって臆せず飛び込んでいったことを思い出して、つい苦笑い。

「当然彼の行動には組織として不満のようですけど、何度注意してもオリヴァーは危険を顧《かえり》みないそうです。命を落としては意味がないのに」

「確かに屋敷でも俺が何言っても聞かなかったな」

「先日少し話に出たカンヴァニア・ジェンティですが」

「ああ。目玉を喰う化け物だな」

二人は急に小声になった。

「オリヴァーは命令を無視してそのカンヴァニア・ジェンティを追っているそうです。今回うちの課に来たのもオリヴァーのごり押しだったとか。コーディ村事件の唯一の生き残りとすれば、固執《こしつ》するのはわからなくもありませんが、王立幻象調査部はオリヴァーの派遣に乗り気ではなかったそうで」

「だからリードを付けたのか？」

「リードがお目付役なのか、それとも彼自身の独断だったのか。本人は後者だと言っていますけどね。

――ただ、なんだかしっくりこないんです……何がと言われても困るんですけど」

もどかしげに眉を顰めて、エドワードが眼鏡のズレを直した。

「さて、残り一口です。これを飲んだら私は帰ります」

そう言うとグラスを空にして、革の鞄《かばん》を持った。

「あなたも飲み過ぎないように」

カウンター席の二人に律儀に挨拶をして、エドワードが店を出ていった。一人、レイモンドはテーブル席に留まり、残り少ないグラスのビールを傾ける。

視線の先はカウンターの二人だ。相変わらず一方的にリードが話しかけて、それにオリヴァーが付き合っている様子だが、時折彼の横顔にも笑みが浮かんでいるのが見えた。

やはり孤高の存在というよりは、人嫌いなだけのような気もするが……。

く、と小さく笑った直後、快感の波が全身を撫でて、レイモンドはテーブルに手を突いた。

「……っ……」

突っ伏した拍子にグラスが倒れて、床で砕けた。けたたましい音にカウンターの奥でマスターが険しい顔をしているが、それに反応できずに肩で息を吐く。

膝から崩れそうになるところを、オリヴァーが駆け寄って支えてくれた。

「発作がはじまったのか」

「ああ……よかったな。チャンスは一度きりじゃなかったぜ」

「店を出る。どこか座れるところを」

「いや、いい……座る時間の余裕もなさそうだ。このまま誘う声に身を任せてみるから、付いて来い」

「わかった」と、オリヴァーは強く頷いた。

抗うのを止めると、甘美な誘惑は昨夜よりも一層強くレイモンドを誘った。

リードに付き添われ、オリヴァーの肩を支えにして歩きだすと、あとは自分の意思とは関係なく、足は勝手に動いていく。

時折馬車の前に出て危うく轢《ひ》かれそうになって、そのたびにリードやオリヴァーが防いでくれたが、自分でも意識があるのかないのかわからないような浮遊状態が続いて、どこへ向かっているのか、どこまで歩き続けるのかもわからない。

ただただ頭の中で纏わり付くような気怠くエロティックな女の声が続いている。甘い声で延々と誘っている。

——こちらへおいで、私に触れて、一つになって溶け合いましょう……。

全身をくすぐる羽毛のような快感に包まれながら、くらくらとする桃色の響きにレイモンドは意識を沈めていった。

「レイ！」

頬に鋭い痛みが走って、はっと意識が戻った。

じわ、と痛んだそこに熱が広がっていき、ぼやけていた意識が急速に明瞭になっていく。あきらかに手加減なしの痛みに右頬を押さえながら、レイモンドは辺りを見回した。

いつの間にか酒場や店の明かりは姿を消して、三人は森の中に立っていた。

背後には鬱蒼《うっそう》と茂る木立の向こうで、居待ち月が星空に白く光っていた。

遠くで梟《ふくろう》の密やかな鳴き声が聞こえ、目の前には崖が。その中央に大きな闇の塊がある。洞窟かと思ったが人工的な穴だ。入り口には鉄柵が張られていたが、腐食して半分は倒れて雑草に隠れていた。

「着いたのか……？」

二日前に逃した、敵のアジトに。

「多分ね。人工の洞窟みたいだ。先が見えない」

オリヴァーの声が暗闇で反響していた。中は微かに風が吹いているようで、冷気とともにうっすらと腐臭がする。

「おそらく地下墓地か、地下鉄道の使われなくなった出入り口かだな。……臭いからして墓地かもな。リードは？」

「明かりになるものを探しに行った。地下に墓地を作るのか？」

「何世紀も前の話だ。伝染病で死体が溢れて墓地に埋葬できなくなったせいでな。他にも病死者、死刑囚、私刑で殺された極悪人だのも埋まってる。昔の連中は死者は何かのきっかけで復活すると考えていたから、病だの犯罪だのを恐れて地下深くに埋めたんだ。しかも蘇っても出てこられないように、わざと通路を複雑に作ってる。オカルトブームのおかげで観光地みたいになっている所もあるが、それでも奥まで入る奴はいない」

「真っ暗だ。なんの気配もない」

「地下墓地は広大で出入り口も多いからな。そこに十年前からはじまった地下鉄道の工事の通路まで混ざり込み、更に迷路みたいになってる。決まって毎年のように行方不明者が出て騒ぎになる。地下墓地に正確な地図はないからな。迷ったら最後だ」

「ジェンティが隠れるには絶好の場所ですね」

枯れ葉を踏みしめる音がして、リードが松明を持って現れた。

「生憎ランプが見つからずで。これで保《も》てばいいんですけど」

「やっぱり中に入るのか」

「出てくるのを暢気に待っているわけにもいきませんしね」

リードはオリヴァーにもう一本の松明を渡して、自身のもので火を点けた。二つの火で闇が少し遠退いたが、地下墓地の入り口の奥は漆黒に埋もれている。

「ここから先は狩人の仕事だ」

そう言って、オリヴァーが足下の小石を一つ拾った。

「レイ、あんたはもう帰っていい。もし僕達が戻って来なかったとしても、放っておいていいから」

「おい、冗談だろ？　俺だけ置き去りって、ここまで来てそりゃないだろうが。だいいち放っておくって、そんなことできるわけねえだろ。俺達はコンビだぜ？　目的地は目の前じゃねえか」

「コンビだろうとなんだろうと、あなたは帰るべきだ」

リードの柔和な笑みは消え、真剣な表情が松明の火に揺れている。振り返ったオリヴァーも表情は硬かった。

「目の前だとしても、レイのできることはない」

「オリヴァー、それ本気で言ってんのか？」

冷めた態度に食ってかかりそうになったが、リードが二人の間に入り穏やかに制した。

「あなたを除け者にしたくて言っているわけではありません。危険とわかっている場所に一般人を連れて行くわけにはいかないでしょう。その点、我々は慣れている。ですがあなたのことまでは責任が持てない。言葉は乱暴ですが、オリヴァーはそう言いたいのでしょう」

「別に守ってもらおうだなんて思っちゃいねえ。――ただ、俺は……」

何ができるわけでもないが、いかにも決意を固めて進もうとする二人の姿を見たら、放っておけなくなっただけだ。

苛立ちを滲ませながらレイモンドは訴えたが、それで二人が折れるはずもなく、付いて行っても足手まといになることは目に見えている。それを言葉にされないだけマシか。

「クソッ」

レイモンドは舌打ちして、うなじを掻いた。

一般人なんて距離のある言い方をされたが、レイモンドは警官だ。危険とわかる状況での理性的な判断はできるつもりだ。

結局自分の無力さに憤《いきどお》ることもできず、レイモンドが立ち竦んだまま俯くと、二人は踵を返して闇の広がる地下墓地へと入っていった。

小砂利を踏みしめる足音とともに、松明の赤い灯がゆらゆらと揺れながら黒煙を上げている。

二人の背中が徐々に遠ざかっていくにつれて、闇がまた濃さを増して二人を飲み込んでいくのを、レイモンドは暫く見続けた。

入り口で見張っていろ。――とも言われず帰れとは、つまり完全に用ナシってことだ。

「ああ！　クソッ！　帰りゃいいんだろッ。帰れば ！」

納得できない命令に大声でわめいて、暗闇に背を向けて雑木林を歩きだした。

ここへ来るまではコンビらしくやれていたのに、結局狩人と警官では役割が異なるということか。

プロはプロの仕事をするべきだし、足手まといになる可能性は排除するべきだと、レイモンドも頭の中ではわかっているが、たった一人除け者にされたことがプライドに少々響いた。

こうなったら美味い酒でも飲まなきゃやってられない。とはいえ、ここがどこなのかわからず少し行くと、すぐにも教会が見えてきた。どうやら街の南側のようだ。

見覚えのある建物に気付いて漸く安堵したが、同時に疑問を覚えた。

教会は少し歩いたら現れたのに、リードはランプが見つからないと言ってなかったか？

少し歩いただけで木立の隙間からも教会の明かりが見えていたのに気付かないだなんて、まさか教会へ入りたくなかった——なんてことはないだろうな……。

いいや、そんな悪い冗談はないだろう。咄嗟に笑い飛ばそうとしたが、一度胸に浮かんだ疑念がレイモンドを困惑させる。疑念は次第に胸騒ぎへと変わって、このまま帰っていいのか、という問いが脳裏を過《よ》ぎった。

「オリヴァー……」

しかも相棒を置いてだ。はっと我に返ると、躰はすぐに動いた。

疑問を抱いたまま捜査もしないで帰るなんて、それでも警官か。

レイモンドが教会のドアを叩くと、騒々しい音に小間使いらしき男が怖々《こわごわ》と顔を出してきた。すぐさま警察手帳を見せると、安堵したようにドアを開けてくれた。

明かりを貸してくれるように言い、それから市警への応援も頼んだ。地下墓地で緊急事態だと告げると、有り難いことに馬で報《しら》せに行ってくれることになった。

感謝の言葉を述べて、今度は雑木林の中を走った。地下墓地の入り口は月明かりに照らされながらも、暗黒の口を開けている。

生粋のラヴィリオ市民なら、こんな所に入っても碌なことはないと知っている。出てこられる保証がない。

闇を凝視しながら、レイモンドは固唾《かたず》を呑《の》んだ。走ったせいで息が上がっている。

短く息を吐いて覚悟を決めると、ランプ片手に闇の中へと入った。

一歩踏みしめるごとに小砂利の擦れる音がした。

黴の臭いに混じってうっすらと腐臭が漂っている。よく考えれば、いくらここが地下墓地だからといって、遺体が埋葬されたのは大昔の話だ。腐臭がするのはおかしい。とにかくオリヴァー達と合流しなくてはと焦る気持ちが歩調を速くさせるが、ランプの心許ない明かりだけでは、すぐに小石に足を取られて幾度か躓《つまず》いた。

しかも迷路と言われるだけあって、急に二股に分かれていたりする。そのたびに暫く考える時間を取られて気持ちは尚も焦るが、二人が残していったらしき×印《じるし》を壁に見付けた。

さっきオリヴァーが拾った小石で描いたのだろう。なぞると指先に白い粉が付いた。

壁は冷気を纏い湿っているが、粉はまだ乾いている。付けたばかりだろうと判断して、印を頼りに進んでいくと、微かに足音が聞こえる。それが次第に大きくなってきた。

間もなくして二つの灯火が見えたとき、レイモンドは心から安堵していた。

二人の名を呼ぶと、火の揺らめきが止まった。

「来るなと言ったのに」

ここまで来たことを驚きも心配もせず、オリヴァーはレイモンドを見るなり少し怒り気味に言った。

「今からでも遅くない。すぐに戻れ」

「一度は帰ろうとしたが、気が変わっちまってな。ついでに応援も頼んでおいた」

「しかしよくここまで来られましたね。何度か分かれ道があったでしょう？」

「ああ、あんた達が付けた印を見付けたし、それに腐臭が強く感じられるほうを選んできたらビンゴだった」

「それは何よりですが、これから戻るという選択肢は」

「何度言ったらわかるんだ？　ねえよ」

今度こそリードを真っ直ぐに見据えながら、レイモンドは即答した。

「なあ、リード。あんた、ランプを見つけられなかったようだが、明かりの点いた教会にも気付かなかったんだな」

「おや、教会があったんですか？」

「ああ、随分と近くにな」

「それなら準備も簡単に整ったのに……。やれやれ、この松明、墓にあったのを拝借してきたんですよ。あきらかに埋葬したばかりの墓からです。死者が怒らなければいいですけど……」

疑問をぶつけた途端、リードは大袈裟にかぶりを振って、愚痴とともに溜め息を吐いた。

「本当に気付かなかったのか……？」

「勿論ですよ。土地勘がないと目にしたものでも見逃すことは多いんです」

レイモンドの疑念を容易く払い退ける自然な態度に、さっきまでの胸騒ぎが鎮《しず》まっていく。

「そういう点で、私は狩人として半人前なのかもしれませんけどね。私のことより、レイモンド。あなたの問題です。ここには斧槍も聖鎧もないですし、ましてや清浄な領域でもありませんよ。あなたには自分を守る術もなければ、戦う術もない。それでも来ると？」

「ああ、付いてく」

レイモンドは言った。軽く一蹴《いっしゅう》されてしまったが、ここまで来たら引き下がるのも癪《しゃく》だ。それに一度芽生えた疑念が完全に晴れたわけじゃない。

「俺は俺の勝手な判断で行くんだ。そこで化け物の餌になろうが、俺が選択した結果だ。だから文句は言わねえ。あんたらはあんたらの仕事をしろ」

「……だそうですよ、オリヴァー」

呆れの色を滲ませながらリードが隣を見る。オリヴァーはまだ不満のようだ。二人に見られて、背を向けてしまった。

「僕は来るなと言ったのに……」

「いい加減に諦めろ。もう来ちまった」

楽観的になったつもりはないが、闇の通路を散々歩いたせいで肝が据わってしまったようだ。

漸く歩きだすと、徐々に地下墓地らしくなってきた。

泥や煉瓦に覆われた壁のいたるところから乱雑に重ねられた古い人骨がはみだし、地面に零れているものもあった。

更に先を行くと緻密《ちみつ》な装飾が施された石棺が等間隔に並んでいる。その一つは墓荒らしに遭ったのか、蓋石が開けられたままの棺から、ドレス姿の白骨がこちらを見つめていた。

通路は大人一人が通れる程度の幅で、天井は比較的高く頭が触れることはなかったが、時折木の根が垂れ下がり邪魔をする。道はなだらかで歩きやすいが、時折壁の煉瓦が崩れていたりする。それに数メートルおきに曲がり角になったり通路が二股に分かれたりしていて、方向感覚を狂わせた。

徐々に腐臭が濃くなってきた。緩やかにカーブした道の奥にうっすらと明かりの気配がして、そして人の声もしている。女の声だ。女の笑う声。

「近いですよ」

リードが声を低くした。

「わかってる」

オリヴァーがゆっくりと息を吐き、レイモンドは奥歯を噛みしめる。

腐臭に交じり、血の臭いがしていた。焦げた臭いがするのは、松明だろうか。

三人の緊張が高まっていく。どうせなら棒きれの一本でも拾ってくるんだった。

緊張と恐怖で浅く乱れる呼吸を必死に宥めながら、レイモンドは二人の後に続き、明かりが洩れる所まで近付くと、その先にある空間を、そっと覗いてみる。するとそこに広がっていた光景に、おもわず息を飲んだ。

そこは煉瓦敷きのアーチルームだった。天井から床まで敷き詰められた煉瓦が木の根に侵食されて、大部分が崩落、または隆起している。

人骨が木の根に絡み、松明の火に怪しげに揺らめいて見える。――そして中央には顔から腹の辺りまで血塗れの女がいて、若い男達の死体の上でこちらを見ていた。

「俺に酒をよこした女だ」

化粧の濃い年増のウエイトレス。あの夜は金色の髪をきっちり結わえていたが、今は乱れきった毛先を赤く染め、豊満な肉体を惜しげもなく露《あら》わにしている。

瞬きもせずに爛々とこちらを見ながら女が手を差し伸べると、ぞわりとまた背筋に快感が駆け抜けていった。

「ふ……っ」

足が蹌踉めいて壁に手を突く。目の前の頭蓋骨が窪んだ眼窩《がんか》で見つめているが、そんなことはどうでもよくなってくる。急速に頭の中が霞がかってきて、レイモンドは床に片膝を突いた。

頭の中で女が笑っている。妖しく艶やかに、エロティックな笑みで誘う。

「さあ、おいで。私がキスをしてあげる」

色香に濡れた声が手招きする。鼓膜の奥で甘く響いて全細胞が蕩けるようだ。逆らえるはずもなく、再び立ち上がり重たい足で歩きだすと、オリヴァーが胸を押してレイモンドを止めた。

「いつまでも酔っ払ってるな」

容赦なくレイモンドを突き飛ばして、オリヴァーが再び女を見た。

目が合うと「おいで」と女がオリヴァーを誘うが効くはずもない。すぐに違和感に気付いたのか、女の顔から笑みが消え、たちまち醜悪に歪んでいった。

「酒を飲んだわけでもないのにここへ来たのなら、そうか狩人だね。あの人を殺した連中か……」

その言葉に返事をすることなく、オリヴァーは松明を床に捨て、腰に付けた革製のホルスターからナイフを抜き取り、青年達の死体を踏み越えて女に飛びかかった。

女は奇声を上げながら両手を顔の前に出して庇おうとしたが、すかさずオリヴァーが女めがけてナイフを振り下ろす。女は腕を切られ、悲鳴を上げながら死体の山の上で転がり回った。這うように逃げだす女の前に、今度はリードが立ちはだかる。

「あっ」

微かな声とともに女がリードに見惚れたが、すぐにも躰を強張らせた。

咄嗟に後ずさったが、背後にはオリヴァーがいる。男二人で女をいたぶっている酷い光景だ。レイモンドが呻くと、女は途端に牙を剝き、咆哮《ほうこう》を上げながらオリヴァーに摑みかかった。

「オリヴァー！」

リードが叫び、女を引き剝がそうと手を出したが、払い退けられた。

しっかりとした体軀の男が簡単に吹き飛ばされて、煉瓦の山に躰を打ちつける。

「リード！」

レイモンドは叫んだ。

あの夜に首を絞められた痛みは相当なものだった。それを知るレイモンドもさっきは一瞬女に同情しかけたが、リードも相手が女だと侮《あなど》っていたのだろうか？

オリヴァーが危ない。ふらつきながらも立ち上がろうとして壁に手を突くと、死体の上で女の躰が反転して仰向けになった。その上ではオリヴァーが胸にナイフを突き立てながら肩で息をしている。

「オリヴァー」

「来るな！」

必死の形相で睨まれてレイモンドは動きを止めた。

鬼気迫る様子に動けないレイモンドを、オリヴァーはじっと見つめたあと、女の胸を貫くナイフに再び力を込める。

女は絶叫しながらもオリヴァーの腕を叩き、胸を搔く。

シャツが破れて、白い肌が露わになった。その胸に女の爪が食い込んで、オリヴァーが歯噛みする。

鮮血が滴り、女の胸にぼたぼたと落ちていく。それでも行くなというのか。どうして？

レイモンドが苦悶に逡巡していると、女の胸がゆっくりと裂けていくのが見えた。

凄絶な光景に「うっ」と喉の奥で呻いた。しかし違和感にすぐさま気が付いて、レイモンドは目を見開いた。

「な、に……？」

一文字に引き裂かれた胸の間から、赤黒く光る球体が姿を見せていた。男の拳大のサイズだ。

心臓に見えたそれは深部で光を明滅させながら、てらてらと輝いている。女に流血はなく、球体はつるりとしていて寧ろ人工物のようだ。

一体あれはなんだ。

不可解な光景にレイモンドは困惑した。答えを訊こうにもリードは床に倒れたきり、ぴくりともしていない。

オリヴァーがナイフをホルスターにしまい、球体を摑んだ。途端、女が絶叫してオリヴァーの首を絞める。

「く……っ」

咄嗟に動きかけたが、オリヴァーが鋭い視線でレイモンドを制した。

なぜだ。何もできないこの状況にギリギリするのに、彼は頑《かたく》なに援助を拒絶する。

酸欠に顔を強張らせて真っ赤になりながらも、オリヴァーは決して球体を離そうとしない。それが化け物の正体だというなら破壊すれば――。

「僕に近付くなッ」

掠れた声でオリヴァーが叫ぶ。既に限界を超えているはずだ。

「そんなことできるわけねえだろうが」

殺されかけている相棒を前に、じっとしていられるほど悠長な性格ではない。しかし身を乗り出したレイモンドを、オリヴァーがすぐさま強く睨む。完全な拒絶だ。「孤高の存在」の鱗片《へんりん》を見た気がした。

「俺は何もしてやれねえのかよ……」

「だったら……僕を、見るな…………ぅうッ……！」

突然、オリヴァーが喉を反らしながら呻いた。腕が引き攣り、激しく四肢を強張らせる。

彼の下で女も呻きだして、小刻みに震えはじめている。

女の躰が痙攣しはじめて、首から手が離れた。途端にオリヴァーが激しく咳き込んだが、最後には歯を食いしばる。

レイモンドが目をこらすと、彼の手の平から腕の辺りまで黒い靄のようなものが纏わり付いて、腕の周囲でうねっているのが見えた。やがてそれはオリヴァーの腕に張り付いて、肌と同化する。皮膚の上で蜷局《とぐろ》を巻き、文字のような紋様のような不気味な形に刻々と変化していきながら、全身へと広がっていった。

一体、何が起きているんだ――。レイモンドは息をするのも忘れて、目の前の光景に見入った。

オリヴァーは無言のまま、苦しそうに耐えていた。紋様は額まで到達して、彼の躰を黒く覆い尽くした瞬間、オリヴァーは大きく仰け反った。

「あ、ぁあ……――――――！」

金色の髪が黒く色を変えて、逆立った。

オリヴァーの全身を覆い尽くした紋様が一気に逆流し、手の平や指を通って女の赤黒い球体に巻き付いた。

途端に女が絶叫する。ギチギチと息苦しい音が松明に照らされたドームに響き、漆黒に染まった球体が女の躰から離れてオリヴァーの黒い靄に絡め取られたまま宙に浮いていくと、突然音もなく弾けた。――弾けたというより寧ろ、網が広がったような、そんな光景だった。

黒い靄がしゅるしゅるとオリヴァーの躰に戻り、そしてまた全身を黒く染めると、彼は仰け反ったままの体勢で後ろに倒れていった。死体の山の頂きで、どさりと音を立てて倒れた相棒に、レイモンドは漸く駆け寄ろうとした。

「近付かないで！」

いつの間にか起き上がっていたリードが叫んだ。

「なんでだよ！　もういいだろうがっ」

リードに止められ、カッとなって怒鳴った。

「オリヴァーは見るなと何度もあなたに言ったでしょう。彼は今の姿を見られたくなかったんです。離れて！」

強い口調に圧されて、レイモンドが一歩二歩と下がると、代わりにリードがオリヴァーの元へと駆け寄った。倒れたきりの躰を抱き起こすと、腕の中でまだ黒い靄に覆われたままのオリヴァーがビクビクと痙攣しはじめる。

「うっ、ぅう……ッ」

　微かに呻く声がする。心配でいてもたってもいられずに見ようとすると、リードが躰で覆って隠してしまった。そうまでしてレイモンドに見られたくないというのか。余計に気持ちは焦るが、オリヴァーを傷つけるような真似はしたくない。

　浅い呼吸音の間に悲痛な喘ぎが聞こえて、リードの躰に隠れていない指が強張っている。引き攣ったように空《くう》を掻くその指先から、鋭い爪が伸びて、ぼろぼろと落ちていった。腕は浅黒くて倍以上の太さに膨らんでいる。

　いびつな瘤《こぶ》が幾つも生まれては、すぐに消えていく間もオリヴァーは喘ぎ続け、もがき続けた。

「大丈夫、彼は見ていない。私だけです」

　リードは繰り返し声をかけながらオリヴァーの手を握ったが、すぐに振り払われた。

　オリヴァーは彼の腕の中から起き上がろうとして、また苦しげに床に突っ伏している。拒絶されても尚、健気にも背中に手を伸ばしたリードが、はっと顔を起こした。

「入り口のほうが騒がしいですね」

「ああ、きっと応援だ。教会の連中に頼んでおいたんだ」

　地下墓地と告げて来てくれるかどうかは賭けだったが、寧ろ早すぎるくらいの対応に驚いた。

「印に気付いて来てくれたらいいが、迷ったらヤバいな……被害が増える」

「まだ駄目だ。まだ彼を見せられない」

　リードがかぶりを振った。

「来るのは化け物でも敵でもないんだ。何を言ってる」

「だからこそ見せられないんです。レイモンド、彼らが来ないように止めてきてください」

「行くな」と、オリヴァーの絞り出す声がして、指先まで引き攣らせた黒い手がリードの肩越しに見えた。

「見るなとずっと言い続けてきたのは、オリヴァー、あなたです。傷付くのはあなたなんですよ。それでも止めるんですか？」

オリヴァーは何も言わずに、呻き声を洩らしていたが、強張ったその手はレイモンドへと伸ばされている。

彼の手を握ろうにもレイモンドからは少し距離があって、近付いていいのか逡巡した。その間にリードが彼の手を取り、じっと見つめている。リードに嫉妬を覚えて歯噛みした。——それはレイモンドでもできることだ。

いや、レイモンドがしたいことだった。

「オリヴァー、あなたの傍《そば》にいるのは私しかいないと信じている。しかしそれでも彼を必要とするのですか……？」

その問いにオリヴァーはなんと答えたのだろう。微かに声がしたあと、リードがこちらを見た。

「……こうなった以上は、いつまでもあなたに隠しているわけにもいかない」

「え……」

レイモンドは小さく驚いて目を見開いた。

「援軍には私が対応しますから、レイモンド、あなたはオリヴァーを連れて奥へ。ここが落ち着くまでは。いや、オリヴァーが落ち着くまでは絶対に戻って来ないでください。時間が経てば元に戻ります。それまでけっして誰にも彼を見られないように。絶対ですよ」

「あ、ああ……」

なぜ？　とは聞き返せない気迫にレイモンドは小刻みに何度も頷いた。

オリヴァーの元へ漸く行くと、はっと息を呑んだ。

＊

少し前に松明の火が消えて、視界は重たく冷たい闇に飲み込まれていた。

リードに奥へ行けと言われたが、どれくらい行けばいいのか――いや、既にどこまで来たのかわからない。オリヴァーを背負いながら、壁伝いに進む間、レイモンドの呼吸音と足音だけが静かに響いていた。

「……レイ、も…、いい……下ろしてくれ」

「あと少しだけだ。――ほら、見えるか？　天井から月明かりが差してる。明かり取りか、穴が空いてるか、なんにせよ真っ暗闇よりはいい」

「僕は……嫌だ……ここでいい」

「駄目だ」

機嫌悪そうに肩を押されたが、レイモンドはきっぱり断って、うっすらと明かりの差す場所にオリヴァーを下ろし、壁に凭れさせた。

明かり取りの窓は地上から入り込んできた蔦に埋もれそうだったが、辛うじて細い光を差していた。

見るかぎり近くに人骨は見当たらない。その代わりに蔦の隙間から女神らしき石像が見えて、礼拝堂ではないかと見当づけた。

視線が重なると、オリヴァーがそっと俯いた。

まだ見られたくないのか、それとも見られたことにショックを受けているのか。居心地の悪い空気にレイモンドは渋面を作った。けれどこのままではいけない。彼の前で膝を突くと、オリヴァーがそっと身を引いてしまった。

どうやら警戒しているようだ。それとも怯えているのか。

「お前が俺を帰そうとしたのも、あの姿を見られたくなかったのも、今ならわかる。お前の言葉を深く考えないまま付いてきて悪かった。だけどな！　もう来ちまったし、見られたくねえものも見た！　忘れろと言われても、無理だから諦めろっ」

それでも尚、距離を作ろうとする腕を引っ張り、レイモンドは胸の中に抱き締めた。

肌の色は未だに浅黒く、髪の色もくすんでいる。しかしあのとき見たおぞましい姿は消え、元通りの幼顔だが、それでもオリヴァーはレイモンドの胸を押して逃げようとしている。

往生際の悪いところはいつも通りの彼だが、事情が事情だけに笑うこともできずに、レイモンドはただ胸を痛めた。

「いつも、ああなるのか？　……化け物と戦うときは」

逃げることを諦めたのか、胸に顔を埋める相棒にそっと尋ねると、声もなく頷いた。そしてまた懲《こ》りずに胸を押してきたが、当然離してやるつもりはない。いい加減に諦めろと後ろ髪を撫でてやると、オリヴァーがびくりと肩を震わせた。

あれはなんだったのか――というのは、今は訊くべきときではない気がして、レイモンドはただオリヴァーを抱き締めた。

「……お前ら、なんて仕事してんだよ……。これじゃ、命削ってんのと一緒じゃねえか。何が狩人だ……クソッ。化け物を退治するためだとしても、人間のすることじゃねえだろ。……いや、していいことじゃねえ。最悪な組織だな」

ぎゅっとシャツを握られた腕の中でオリヴァーが縮こまっている。

「それでも、僕は……倒さなきゃいけない奴がいる……狩人は、みんなそうだ……そうやって……」

「オリヴァー？」

は、は、と呼吸が浅く乱れているのに気付いて顔を覗き込むと、隙を突かれて突き飛ばされた。

「おいっ。いきなりなんだよ」

レイモンドの文句を無視して、這うように逃げるオリヴァーを背後から捕まえた。

まだどこかおかしいのか。嫌がる躰を無理に仰向けにすると、弱い月明かりでもわかるほどにオリヴァーは顔を赤く染めていた。

「お前……どうした」

大きな瞳にうっすらと涙を滲ませながら、戸惑いがちの表情で耳まで赤くしている状況は、昨夜目にしたのと同じだ。

さっきまで心痛で言葉をかけ倦《あぐ》ねていたほどだったのに、あきらかに様子が変わっている。流石にレイモンドも焦り絶句すると、オリヴァーが弱々しく胸を押してきた。

「ぼ……僕の中に、さっきのジェンティを封じた……だから、……僕に、奴の影響が……、……はっ……ぁっ」

「あのジェンティを封じた⁉　影響って……っ、つまり、昨日みたいなってことか？」

オリヴァーがこくこくと頷いて、濡れた瞳で切《せつ》に見上げてきた。

「あの女のジェンティは、人の性欲を……操ってた……操って、自分まで興奮してた……」

「……っ」

月明かりに淡く光る瞳の輝きに見惚れた。その直後、鋭い快感が下腹を刺してきて、レイモンドの肉欲を直《じか》に刺激してきた。自分の意思に関係なく躰が急速に昂っていく。咄嗟に耐えようと試みたが、理性を上回る欲求がレイモンドを飲み込んでいった。

「レイ……僕を置いて、逃げろ……あんたは、あの酒を飲んでる……だから、きっと……、……」

オリヴァーが弱々しく訴えているが、どうやら少し遅かったようだ。既に息が乱れて、下着の中のものが強張りはじめてきた。女の声に煽られていたときよりも一層早く、オリヴァーを目の前にして興奮が抑えられない。

肩で息をしながら、時折唾を飲み込んだ。見下ろしたまなざしは澄んだ双眸を一点に捕らえたまま、逸らせそうにない。

ああ、そこにキスをしたい。――と、レイモンドは強烈に思って、吐息を震わせた。

涙にうっすら湿り気を纏う睫毛を撫でて、碧く瑞々しいその瞳をもっと間近で見つめたい。

「……レイ……？」

不安そうな声に、危うい誘惑に駆られていたことに気が付いた。

クソッと、小さく悪態を吐いて、よからぬ妄想を頭の中から強引に追い出すが、一瞬取り戻した理性はまたすぐに消えてしまいそうだ。

「あ、あの酒……一体、いつまで効果が続くんだ……？」

「……さあ……僕がレイを殺すまでかもね……」

「はっ、それ冗談だろ」

「そうだといいけど……ん……ふぅ……」

オリヴァーも苦しそうだった。眼下で細い躰を悶えさせながら、せつなげに美貌を強張らせている。薄い唇を噛んで首筋を反らす姿に、レイモンドはまた自分の中のなけなしの理性が消えていくのを感じて、天を仰いだ。

「俺を、餌にする予定は……？」

「そういうつまらない冗談を言うなら、今すぐにでも」

「今すぐ前言撤回だ。……寧ろ、俺が……お前を……いや、……ああ、畜生……こんなんじゃ、化け物にいいようにされてるだけじゃねえか……っ」

怪しげな酒に煽られて、こっちの都合もお構いナシで理性が吹っ飛ばされる。

オリヴァーの言う通り、今すぐ彼の前から逃げるべきなのだ。けれど既に翠の瞳の輝きに惹きつけられて、情欲だけが支配している。ギリギリ耐えているのを寧ろ褒めてほしいくらいだ。時折獣のように呻きながら耐えるレイモンドの頬を、オリヴァーがそっと撫でてきた。

オリヴァーの手はさらりとした感触だが、熔けそうなほどに熱かった。咄嗟に捕まえて手の甲にキスしてやると、眼下でオリヴァーがわななく。

痩せた胸が仰け反ると、開いたシャツの隙間から僅かに色を戻した肌が震え、触れてくれと誘っている。

昨日のことだって異常事態なのに、今夜はそれ以上だ。くらくらしながら固唾を呑んだレイモンドの下唇を、オリヴァーは力の入らない指先でぎこちなくなぞり、最後に顎を掻いた。

「に、……逃げるなら、早くしてくれ……レイ」

弱々しい声に不安が色濃く滲んでいた。

「僕の中に、ジェンティがいる……だから、僕は……化け物と同じだ……だから」

瞳に溜まった涙が今にも零れそうだ。

目尻を撫でると、透明な雫が指先を濡らしてこめかみを伝っていった。たったそれだけのことなのに、レイモンドの胸は愛おしさに掻き毟られる。

「だから……あんたに触られるのは、いやだ……、……見られるのも……嫌だ……だから……」

「今すぐ逃げろって？　リードに行けと言われて引き留めたのはお前なのに、今すぐか？」

瞬きしてみせたオリヴァーに対して、さっきまでは胸がときめいていたのに今は呆れてしまうしかない。

「だけどお前、俺が本当に逃げたら一生許さないって顔してんぞ」

「し、してないっ」

「そうか？　だったら、今言ったのは嘘《うそ》で、俺に触って、隅々まで見てくれって言ってる」

「い、言って、ないっ」

「言ってない？　本当にか？」

「い……言って……、……」

あと少しで簡単にキスできそうな距離で、最後まで言い終えるのを待ちながら凝視したが、オリヴァーは結局言い終える前に小さく呻いて、そろりと肩に腕を回してきた。

素直で宜しい。

「ほらな。俺の言った通りだ」

その言葉に不服そうに呻いているが、恥ずかしさで声にならないようだ。レイモンドも腰を抱き返して、改めてその細さに驚いた。無体なことをしたら壊れてしまいそうなのに、一方でしなやかな躰つきに喉が鳴っていた。

睫毛を伏せた瞳がまだ潤んでいる。右の目蓋《まぶた》にキスして、そして左にも。くすぐったそうに顎を引こうとするのを捕まえると、間近で見つめ合い、ゆっくりと熱い吐息を重ねていく。

くちづけがはじまった途端に、焦った様子でオリヴァーがすぐ顎を引いた。

「だめだ」と微かな拒絶の言葉を聞いたが、レイモンドは無視して追いかけるように唇を食《は》む。

彼がまた逃げようとする前に、唇の隙間から舌を滑り込ませると、オリヴァーは小さく呻いて肩を強張らせながらシャツを握り締めていた。

嚙まれるかと警戒したが杞憂《きゆう》だったようだ。口腔内の愛撫が激しさを増していくうちに、次第に力が抜けていく。

はふ、と気の抜けた吐息を零す合間に、上唇を甘嚙みして下の唇裏をくすぐると、すぐにもどかしげに喘いで、オリヴァーがシャツの上からレイモンドの背中を掻いた。

月明かりが差し込む静寂のなかで、シャツの擦れる音と時折零れる浅い吐息と微かな声。オリヴァーが感じている声だ。

口の中は熔けるほどに熱くて、呼吸も忘れるほど夢中になった。舌を絡めようとすると、すぐにも縮こまってしまう初々しさがレイモンドを嬉しくさせる。小生意気なくせに、こんなときだけ引っ込み思案だなんて可愛いにもほどがある。

夢中になって散々舐め回したせいで、口の周りまで唾液に濡れそぼっていた。

飲みきれない唾液を親指で拭ってやると、暫く呆けていたオリヴァーが我に返った様子で目をしばたかせて、ぱっと口を押さえた。何か言いたそうに唸りながら耳まで真っ赤にして、小刻みに震えている。

浅黒かった肌はいつの間にか元に戻り、今はいつものオリヴァーになっていた。

「あとで文句を言われる前に言っておくが、昨日した程度じゃ治まんねえからな」

「昨日のって……っ、……ンッ」

首筋に顔を埋め、耳裏を舌で舐めた途端にオリヴァーがまた驚いたように背筋を強張らせた。

「生憎俺も相当切羽詰まってるからな……途中でなんて止めらんねえ」

「なに……？　……待、ぁっ」

軽く浮いた胸をシャツの上から撫でて、破れた隙間から手を入れると、すぐにも小さな突起が指先に触れてきた。

「やめっ、……レイッ」

「止めらんねえって言っただろ。諦めて気持ち良くなれ」

「なにを言って……ン！」

微かに芯を持ったそれを両方とも乳輪ごと捏ねると、たちまちそこは固く痼《しこ》り、勃起した先が指に

合わせてころころと動いてくれる。小さいくせに主張の強いそれが可愛らしい。

軽く抓むとすぐに慌てた様子で腕を掴まれたが、尚も捏ね続けてやるとオリヴァーが喉の奥で声を震わせて、腰をくねらせた。

小さなそれが火照って熱い。レイモンドの指の中で熟れていく。

月の弱い光では、どんな色をしているかはっきりと見られないのが惜しい。浅く上下している胸はうっすらと汗ばんでいて、白い肌はきっと愛らしい色に染められているのだろう。それを確かめる術が今はなくても、もっともっと鮮やかに色付けしてみたい。

煽りに煽られて、こっちも限界だというのに、乱れるオリヴァーを目の前にしたら、やりたいことが多すぎてそれどころじゃなかった。なにより感じる声が聞きたい。レイモンドの愛撫に戸惑いながらも快感に流される喘ぎを、もっともっと聞いてみたかった。

陥没するほどに突起を押し潰すと、踵が地面を擦った。

「ヤッ」と微かな声。薄い胸が跳ねて、金糸の髪が激しく揺れ、顔に当たってくすぐったい。

「こら、暴れんな」

「だって……っ、……レイがっ」

「俺が何した？」

「やっ……ぁ、あうっ！」

左のそれだけを軽く引っ掻くなり、上擦った声とともにオリヴァーがしがみついてきた。

は、は、と荒い吐息が首筋を湿らせる。手の平全体を使って大きく揉みしだくと、しっとりと汗を感じる。

「んンン……ッ……ん、……レイ……レイ、だめだ……だめぇっ」

耳朶《じだ》をしゃぶられ、乳首を愛撫されて、もはや我慢ができなかったのだろう。甘く乱れた声が次々と溢れてきて、レイモンドを尚も興奮させた。

オリヴァーの股の間も大きく張って窮屈そうだ。膝頭で膨らみを圧して刺激しながら、今度は右の突起を掻くと、ビクンッと大きく跳ねて、今度こそ焦った様子でレイモンドの肩を押してきた。

「だ、だめだっ……ぃ、一緒にしたら、……レイッ」

それは餓えた男を暴走させる一言だ。

反応からして無自覚だろうが、それにしたって的確に挑発してくれる。レイモンドは尾てい骨に走った快感に呻いて、大きく息を吐き出した。

余裕のない手つきでズボンと下着を膝まで下ろすと、性器は既に芯を持っていた。直に握れば先のほうが既にぬるついている。細い割れ目に沿ってなぞるだけで、また急に透明な汁が溢れてきて、すぐにも手の平を潤していった。

昨夜も同じことをしたのに、今夜もオリヴァーは信じられないという顔で、自身の性器を凝視している。今までレイモンドが何かするたび散々押したり叩いたりしてきたのに、それすら忘れてしまうほどショックのようだ。絶句したきり、ぽっかりと開いた口が妙におかしくて、くっと噴き出してつい笑うと、漸く肩を叩かれた。

「痛えよ」

耳元で苦笑するレイモンドを、不機嫌な瞳が見つめている。

はいはい、機嫌を直してくれ。と、上気した頬に繰り返しキスを落とすと、オリヴァーはくすぐったそうに肩を竦めて、レイモンドの頬にもキスをしてくれた。

子供っぽい反応だなと思うのに、欲情を妙に刺激してきた。自分でも気付かなかった性癖を暴かれていく感じだろうか。どちらにしたって、目の前にある存在に夢中になっている。

レイモンドの手の中にあるそれを優しく撫でて、時に乱暴なくらい強く扱いて乱雑に煽ると、オリヴァーが腰を浮かせながら、内腿を強張らせた。

「っ、ひ、あっ、あっ、ぁっ……あ！　あ！」

すぐにもガクガクと腰が揺れだして、絶頂が近いことを教えている。

尚も強く扱いて、握りながら雁元を引っ掻いた。途端に掠れた悲鳴が上がって、亀頭の先から大量の蜜が零れていく。小ぶりなくせに、やっぱり大人の男だな。と、密かに感心しながら、だらだらと溢れさせるそこを指先で擦った。

「ヤ、ぁ……見るなっ……あ！　ヤぁっ、あっ、だめ！　やぁ！　ぁんぅ、んん……〜〜ッ」

レイモンドの視線に気付いて、オリヴァーは恥ずかしそうにかぶりを振ったが、すぐにも首筋が反って息を詰まらせた。ぐう、と一際腰を突き上げながら、強烈な快感に飲み込まれたオリヴァーが、レイモンドの手の中に勢いよく精を放った。

「……は……ぁ……あ……」

絶頂の余韻に浸る躰が時折痙攣しながら、レイモンドの手の中に蜜を二度三度と零していた。

碧の瞳が陶然と濡れながら、蔦の隙間から覗く月を映している。ゆらゆらと水面に揺れるような白い月が二つ。つい見惚れていたレイモンドの肩を引き寄せて、オリヴァーのほうから唇にキスをしてきた。

「……レイ」

唇がしっとりと露を纏い、熱かった。それ以上に揺れる瞳に滲む欲情に目が離せない。

「まだ終わりじゃねえよ。終わらせてたまるか」

こっちは煽られっぱなしの我慢続きだ。嫌だと言っても止められないくらいに、長らく耐えているのだ。今のレイモンドはギラギラとした獣のような目をしているだろう。実際餓えまくっている。

「ん…」と小さく返したその意味をポジティブに受け取り、再び唇を重ねていった。

啄《ついば》むような浅い行為から、徐々に互いを食むように、次第に舌と舌とが触れ合い、絡み合うくらいに深いものへと変化させていきながら、オリヴァーの膝裏を持ち、開かせた。途中で脱ぎかけのズボンと下着が引っ掛かって、右足だけ引き抜く。今度こそ大きく広げて、尻臀《しりたぶ》の狭間に手を入れた。

狭間に潜む小さな蕾に指の先が触れた途端、オリヴァーが唇を塞がれたまま喉の奥で呻いた。足を閉じようとしたが、レイモンドが間に入って閉じきれない。ん、ん、と焦ったように喉を鳴らしながら、また懲りずに腕を叩いてくる。次第に力を増していく攻撃にレイモンドは呆れた。

小柄なくせに乱暴なのは出会ってすぐに知ったが、もう少し可愛げのあることをしてくれ。

「こら、叩くな」

途中でキスを止めて、しきりに訴える手を捕まえた。

「これ以上やると縛るぞ？　いいのか？」

「っ、だって……レイが変なところを触ってるからっ」

「変なところ？　どこが？」

後孔の窄《すぼ》まりをつついた指は、オリヴァーの出したもので滑っていた。

「どこって……だから、そこっ……やだっ、触るなっ」

「そこ？　ここか？　ここのこと言ってんのか？」

「あ…っ！　やっ、やめ……っ……レイ……っ」

乱暴者なくせに、切羽詰まった声は可愛い。

わざととぼけて滑りを塗り込めるように弧を描きながら襞《ひだ》を湿らせていくと、指の動きに合わせて腰がしきりに跳ねた。そして一度達して萎《な》えていた性器が既に頭を擡《もた》げはじめている。

「そんなとこ…き、汚いってば……っ」

「汚い？　そうなのか？」

「そうだって………ひ、ぁっ」

漸くぬかるんできたそこの中心めがけ軽く圧すと、なんの抵抗もなく指先が飲み込まれた。

オリヴァーが驚いた声を上げて、瞳を見開いている。

くるくると変化する表情を間近で愉しみながら、指先を繰り返し抜き差しして慣れるのを待って、徐々に奥まで挿《い》れていった。根元まで挿入《はい》りきると、柔らかな肉の感触と纏わり付くような熱を感じる。

「オリヴァー、息をしろ」

よっぽど衝撃だったのか、オリヴァーが硬直していた。呆れながらレイモンドは言ったが、それでも瞠目したきりだ。

「ガキか。ああ、いいぜ。丁度いい。少し大人しくしてろ」

こっちは一刻も早く突っ込みたくて、どことは言わないがうずうずしっぱなしだ。

指が抜けそうなギリギリのところまで引いて、また根元まで突き入れた。中をほぐすように動かしながら、オリヴァーを探っていく。指先をくの字に曲げて襞裏を擦り、中から軽く引っ掻くと、「あ！」と上擦った声がして、ひくんっと腰が小さく跳ねた。

その拍子に指が抜けたが、月明かりにも襞が綻《ほころ》んでいるのがわかる。試しに指を増やしてみると、少し窮屈だが、襞はゆっくりと開いて受け入れていった。

「ふ…、ん、んんっ……く、ぅ……んん……っ」

もどかしげな苦しそうなオリヴァーの声。

やはり二本は痛いか。密かに心配して、またさっきと同じように浅いところで丹念に抜き差しを繰り返すと、自然にそこは緩んでいき、ふやけるほどに熱を伝えてきた。今度こそ指の根元まで深く沈めていくと、オリヴァーがせつなげに眉を顰めていた。

まだ痛むのか。その割には今までとは違う大人しい反応だ。

「オリヴァー？」

少し心配になると、オリヴァーが潤んだ瞳で切に訴えていた。

「おい、なんでこんなときにかぎって無言なんだ」

「……だ、だって……中で……レイの指が……、……動いて……ん、ん……っ」

「ああ、動かさないと俺のが挿入らねえだろ」

深いところで指を広げた直後に、また腰が跳ねた。

ぎゅう、と中が強く締め付けてきて、肉が絡んでくる。

滑らかで軟らかで、隙間なく密着してくる感触にレイモンドはわななないた。そこを感じているのは、たった二本の指だけなのに、全身が発熱している。早く早くと気持ちが逸《はや》って、掻き回す指がいきなり速くなった。

「あっ、あっ、待っ……レイっ、ンぁっ、あっ、や、めっ……レイっ」

深いところを打つごとに甘くなっていく声に気を良くして、指を三本に増やした。またはじめは窮屈なほど締め付けられたが、浅いところを軽く掻き回すだけで、中は気持ちよさそうにうねって奥まで導いてくれる。

「だめっ……やぁっ、レイっ、レイ！　だめだっ、ぐちゃぐちゃにするなっ……だめっ」

「そう言われるとしたくなるだろうが」

溜め息のあとで舌舐めずりした。

オリヴァーが焦ったように急に身を捩りだしたが、膝裏を捕まえて強引に開かせた。

完全に勃起して先を濡らした幹と、ぱんぱんに張った陰嚢《いんのう》。そしてレイモンドの指を今は三本も根元まで飲み込んだ襞がはっきり見える。

「暗くても、丸見えだな」

「ヤッ、レイ！」

怒り声も快感に濡れている。

懲りずにまた暴れだしたが、股裏を押さえながら最奥をぐちゃぐちゃに掻き回した。蕩けたのを確認してから、襞裏を丹念に広げて時折引っ掻いてやる。

指が抜けるたびに、くちゃ、と滑った音がして、やらしすぎて目眩がしそうだ。浅瀬を執拗に掻き回すと更にぬかるんだ音を伝えてきた。

もう限界だ。オリヴァーの存在自体がレイモンドを煽りに煽って、我慢の限界を超えてしまった。

「オリヴァー、俺が暴走したら、あとで殴っていいからな」

「あとじゃなく、すぐに殴る……っ」

「ああ、それでもいい」

長らくお預けを食らっていた昂りは、下着の中でギチギチになっていた。

オリヴァーと同様に先を滑らせて気持ち悪いったらない。前を開いて手を入れると、中はすっかり汗ばんでいて、外に出すなりすっとして、ふーっと長い息を洩らした。

一度二度と軽く扱いてやると、亀頭の割れ目からどろりと滑りが滴《したた》った。それを手の平で掬《すく》い、全体に広げていく。

くちゃくちゃという粘りけのある音とともに尿道から体内へと快感が走り、このまま一度ヌいてしまおうかと短絡的な誘惑に駆られたが、眼下には自慰するより、もっと魅力的な行為に誘うものがある。

オリヴァーの視線がレイモンドのそれを真っ直ぐに見ていた。

上擦った吐息は期待している証《あかし》だろうか。わざと見せつけるように根元から先へと筋を撫でると、オリヴァーが小さく息を呑んだ。

欲しいなら欲しいと言えよ。――なんて挑発したところで殴られるだけだろう。そのうち言わせてみたいが、今は寧ろこちらから言いたいくらいだ。

たっぷりと滑りを帯びた頃、漸く窄まりに性器の先を押し当てた。

すぐさま逃げようとする腰を摑んで引き寄せてから、股裏を摑む。まごまごしていると蹴られそうだ。月明かりの下で露わになった窄まりへと少しだけ力を入れると、襞が恥ずかしそうに口を開けて、レイモンドのそれを咥えていった。

「ふ……」

先に強い熱を感じて、そこだけで熔かされそうだ。とろりと纏わり付いてくる肉の感触に誘われて、更に腰を落とすと、オリヴァーのそこは更に大きく、頬張るようにしながら一際大きな張りを飲み込んでいった。

「は……は、……はぅ……うっ……っ」

頭上で微かな声を聞きながら、雁が挿入ると一気にしゃぶられたような心地がした。

オリヴァーの中がきゅうきゅうに絞めてきて千切られそうだ。

熱い。キツイ。息の詰まる締め付けにレイモンドは背中を丸めながら呻いた。引き抜こうにも雁元が襞に引っ掛かって、そう簡単には解放してもらえそうにない。かといって、押し込むのも、すぐに拳が飛んできそうだし。

「力、抜け……って言ったって、無理だよな……ま、そんなもんだ……」

月明かりに照らされた顔に「無理」と大きく書いてある。寧ろ、お前がどうにかしろと目で訴えられて、息を切らしながらレイモンドは笑った。可愛い顔して、こういう気の強さが愛おしい。

「俺な。ガキの頃から、お前のこと知ってたんだぜ？」

「……え？　あっ、あ、ンぅう……レイっ、……あ、やっ」

そんなこと、今はどうだっていいのだが。長く行方知れずの瞳に片思いしていたせいか、涙に潤んだ双眸を見ていると感情が込み上げてきてしまう。それよりも、締め付けられているほうが問題だ。

オリヴァーの性器を再び撫でてやると、すぐにも甘い声が薄暗い迷路の中に響いた。

腰が揺れると、月光に照らされた白い肌がぼんやり光って綺麗だ。うっとりと見下ろしながら、前の強張りを扱いていくと、繋がり合ったそこが締め付けを弱めていく。その一方で、中が更にうねってレイモンドに絡み付いてきた。

「は……っ……オリヴァーっ」

吐息と声が上擦り、止まることなく奥まで突き入れていくと、熱い肉に密着されて、それだけで軽い絶頂感がキてしまった。ぶるっと身震いして衝動をやり過ごしたが、その間もオリヴァーの中は息苦しいほど心地よく締め付けてきて、レイモンドを刺激する。

「くそっ……ちょっと手加減しろっ」

「な、何言って……ン、あっ！　あっ、だめ！　動いちゃっ……や、やあ……っ」

「だから……っ……く、そっ……っ」

甘美な締め付けに持っていかれる。

たまらず緩く腰を揺さぶると、途端にオリヴァーがかぶりを振った。

「やっ、動くなっ、やめ……っ……お、奥、おくが……当たって、ひ、響いてるからぁ……っ」

「ああ、だからっ、あ、煽るなっ」

いつの間にか全身が燃えるように熱かった。汗が頬を伝いオリヴァーの腹に落ちていく。

手の中にはそれ以上に熱い性器が、根元から先へ扱かれるたびに、とろとろと汁を滴らせて、彼の胸を汚していた。そして一際火照り、爛れるような熱さを教えてくるそこが、レイモンドを深々と咥え込んで限界まで開いていた。

見ているだけで興奮で酸欠になりそうだ。

円を描くような動きから徐々に縦の動きに変えていくと、打つたびに先が奥に当たって快感が腰まで響いた。

一気に引き抜くと、襞がぎゅうと絞めてきた。雁が襞裏で引っ掛かり内壁を圧迫することになると、オリヴァーの腰が跳ねる。排泄感と快感が混ざって、我慢しきれないのだろう。胸を仰け反らせながら、レイモンドの腕にしがみついてきた。

つらいわけじゃないとわかれば、こっちの箍も外れてしまう。更に激しく、大きく腰を打ちつけていくと、繋がったところから肉のぶつかる甲高い音がして、浅い呼吸音と一緒に静寂のなかに響いた。

オリヴァーの中で溢れた汁が内壁を潤して、どんどんと生々しくエロティックになっていく。

レイモンドは細腰を摑み、躰ごと揺さぶりながら律動を強くしていった。

「あっあ、あ、あ！　あ！　っだ、めっ、だめっ、あ！　ああ……！　あっ、んっ、レイ！」

強いピストンに小柄な躰が跳ねて、そのたびに断続的な声が出る。ヤバイ。肉欲と熱で脳髄が爛れそうだ。

「くっ……は……オリヴァーっ……オリヴァー……ッ」

この手の中に、この胸の中に想い人がいる。深く熱く強く繋がっている。込み上げてくる想いに突き動かされながら、ただただ欲望のまま華奢な躰を貪り続けていく。

レイモンドの激しい欲求を全身で受け止めるオリヴァーは、慣れない快感に翻弄されながら、眩しいほどに艶やかな痴態を見せていた。

「ンあぁあ……！　だめっ……！　い、イッちゃ……――――！」

二人の間で汁を滴らせながら揺れるそれに再び触れたとき、オリヴァーが内腿を引き攣らせて、目の前で白濁を放った。同時にレイモンドのそれを一気に締め付けて、全体を舐め回すように妖しげに蠢《うごめ》いた。

「ぉっ……あっ、く……――――ッ」

一体どこまで翻弄する気だ。――いや、夢中にさせる気なんだ。

息を詰まらせながらオリヴァーの中でレイモンドも達すると、二人は何も言わずに抱き締め合った。互いの耳元で荒く息をしながら、じっと落ち着くのを待ち続ける。けれど繋がり合ったそこは、どくどくと脈動していて、なかなか落ち着く様子がなかった。

「は……ふ」

腕の中のオリヴァーは快楽の余韻に包まれながら、くったりとしていた。

白い額が汗に濡れて髪が張り付いている。撫でてやると気持ち良さそうに目蓋を閉じるので、その様に誘われるようにキスをしていた。

散々喘いだ唇は微かに乾いていたが、互いに舐め合う甘い行為にたちまち濡れて、気怠い吐息に火照る。

目の前には恍惚に蕩けた美貌があった。吐息のかかる距離で見つめていたら、碧い瞳がうっとりと見返してきて、腰が微かに疼いた。

「あ……だめ、レイ」

軽く揺すった途端にオリヴァーが弱々しく腕を叩いてきた。駄目と言うくせに、内壁が熱く絡み付いてきて、やわやわとうねっている。

「そう、言うけどさ……お前、全然こっちは……はあ……あー……」

たった一度達したくらいで楽になれる程度なら苦労していない。

溜め息を零しながら首筋に頬ずりしたが、オリヴァーは絆《ほだ》されるどころか「早く抜け」とばかりに耳を引っ張ってきた。それも容赦なく。

「痛えからっ、わ、わかったよ……」

渋々と。本当に渋々とオリヴァーの中から引き抜くと、耳元で微かに上擦った声が聞こえて、それ以上抜くのを躊躇した。一旦止めたが、また耳を引っ張られて今度こそ諦めた。

熱すぎるくらいの体温を一気に失い、一抹の寂しさを覚えて、レイモンドのほうから抱き締めた。繋がることが許されないのなら、もう少しだけ躰を添わせていたい。気怠い躰を重ねると、オリヴァーも嫌ではないのか、背中に腕を回してきた。

「なあ。俺に見られるのを嫌がってたくせに、どうして引き留めた」

疲れと熱が引いていった頃、レイモンドはずっと気になっていたことを尋ねた。「ん…」と、気怠げに声を洩らして、腕の中にいるオリヴァーが目蓋を開いて、顔を擡げた。

「……あいつと二人っきりになりたくなかっただけだ。……地下墓地へ入るとき帰れと言ったけど、本当は来てくれて少しホッとしてた」

「お前っ、そういうのは素直に言えよなっ。俺がどんだけむしゃくしゃしていたか！　あいつに好かれて嫌なら嫌と言っとけ。ああいうタイプは変に期待させると厄介だぞ」

「そんなことよりも、さっきのはどういう意味だ？　ガキの頃から知ってるって」

間近から覗き込むように碧い瞳が見つめてきて、話題が逸らされた。

オリヴァーがリードをどう思っているのか、レイモンドとしては気になるところで、そんなこと、で片付けたくないが、じっと見つめられると追及しづらくなってしまった。

「言葉のまんまだよ。二十年前の事件があった日、俺もコーディ村にいたんだ」

疲れの残る瞳が驚きに見開かれて、腕の中でオリヴァーが僅かに身を起こした。

「レイも……？　なぜ？　村の出身なのか？」

「母親の実家がコーディ村にあるんだ。毎年、夏は避暑を兼ねて村で過ごしてた。あの日も、俺は家族と一緒に村に行っていて、あの事件に遭遇した。いた、と言っても、俺の目は御覧の通りブラウンだ。被害者ではなく、単なる野次馬の一人としてな。荷車の荷台に腰掛けたお前が運ばれていくのを、俺はずっと見ていた」

「僕を……あの日………」

「ああ。ガキの俺には、あのとき何が起きてたのか、まるでわからなかったがな。だけどお前のこの緑色の瞳だけは、よく覚えてる。朝日を受けてキラキラ輝いてさ、朝露に濡れた森の緑の色だ。あまりにも綺麗で、夢でも見ているんじゃないかと思ったくらいだ」

優しく睫毛を撫でてやると、オリヴァーは急に暗い表情になって顔を逸らした。

「瞳の話はしたくないだろうな。悪かった。二十年前の事件は俺なりに調べていたし、あの日以来お前の行方を捜していた。ところがどんなに捜しても見つからなくて、それがひょっこりと俺の前に現れたんだ。浮かれちまうだろ」

「……あの事件の日から、僕は化け物じゃないかと疑われて、何日も家から出してもらえなかった。それから村人の糾弾《きゅうだん》を恐れた父さんが、僕と母さんを村から逃がしてくれたんだ。以来、村には帰ってない」

「退屈なほどのどかな村だったってのに、糾弾なんて……。いや、お前を疑う村人の声をうっすらとだが覚えてる」

なぜあの子だけ助かったのか、無事だったのかと、遠ざかる荷車を見つめながら大人達が囁いていた。子供達を襲った犯人が見つからなかったせいで、あのとき聞いた彼らの不安が、レイモンドの知らないところで爆発したのだろうか。

「退屈でのどかだからこそ、あの事件は善良な人達を追い詰めたんだ」

「村を出て、それからどこへ」

「あちこちの村や町を転々とした。森でも暮らしたけど母さん一人で僕を育てるのはつらかったんだと思う。冬が来る前に僕を教会に預けて、それっきり。ある日、僕がコーディ村事件の生き残りだと知った王立幻象調査部が僕を訪ねてきた。それ以来、ずっと化け物退治の修行をさせられてた」

「修行か……」

いくら化け物退治のためとはいえ、組織は子供におぞましい術を教えたものだ。オリヴァーの苦しみ悶える姿を目にしたからには、怒りを覚えずにいられない。

「あの組織はジェンティから逃げられた子供や家族を集めて、退治方法の研究や狩人になるための修行だけをさせる。僕が一人で行動できるようになったのは二十歳になる少し前のことだ」

「なるほど……捜しても見つからねえわけだ」

それ以前に、オリヴァーはレイモンドが心配していた以上に過酷な人生を歩んできたようだ。かけてやる言葉も浮かばないまま頬ずりをしたレイモンドに、「昔のことだ」とオリヴァーは言葉を零した。

「あれから僕はずっとカンヴァニア・ジェンティを捜し続けてる。あいつは僕の家族をバラバラにした。村の友達を喰った。…………それに……あいつは…………」

ぎゅっと強く抱き締めると、腕の中でオリヴァーが小さく震えはじめた。微かに聞こえたのは嗚咽《おえつ》か。急な変化にレイモンドが狼狽《うろた》える。

「どうした。怖がらずに言え。言ってくれ」

一人で抱え込まずに、吐き出してほしい。

「怯えてるんじゃない。悔しくて震えているだけだ」

途端に怒りだして、オリヴァーが半身を起こした。

「あいつは絶対に許さないっ。僕がこの手で封じてやるんだ……っ」

深く項垂れながら唇を噛む姿を放っておけるわけがない。

レイモンドも躰を起こして、伏せた顔を覗き込むと、オリヴァーのほうも抱き付いてきた。まるで子供のような無邪気さだ。可哀想になるくらい、彼は必死に生きている。

「一人で背負うな。今は俺もいるぞ。手助けできるような武器は持ってないが、胸くらいなら貸してやれる。ほら、こうしてな」

「レイは何も知らないから、そんなことを言うんだ。……あいつがどんな奴か知ったら、きっと後悔する」

今度こそ弱々しくて自信のない声だった。言葉の通り、知ったら十中八九後悔するのだろう。だけど、ここで訊かないという選択肢などあるわけがない。

「そこまで言っておいて、結局黙っているってことはないだろうな」

「……言わなきゃよかった」

「言いたかったんだろ。本当はさ」

そうとは言わなかったが、違うとも告げないまま、オリヴァーは少しだけ無言になった。

抱き締めている躰が温かい。中途半端な格好のままでじっと待ち続けると、漸くオリヴァーは口を開いた。

「二十年前、僕が殺されずにすんだ理由はよくわからない。もしかしたら、ただの気まぐれかもしれない。でも、あれ以来あいつは僕をずっと付け狙ってる。………僕と親しくなる人を殺して、そのたびに僕が傷付くのを見て嗤ってるんだ」

「……それって、つまりは」

嫌な予感がした。

「だから知ったら後悔するって言っただろ」

「きっとが付いていただろ！　きっとが！　つまり、なんだ？　俺が殺されるってのか？」

さすがに驚いて、語尾が裏返ってしまった。

「だから嫌だって、散々言っただろ。あいつはどこで僕を見ているかわからない。気配はいつも近くに感じるのに、どこにいるかはわからないんだ」

「そういやジェンティの気配がわかるって言ってたな……狩人は皆そうなのか」

「多分僕だけだ。二十年前、目玉を喰われる直前に意識を取り戻したとき、咄嗟にあいつの顔を引っ掻いた。そのとき、あいつの血が僕の目と口に入ったんだ。それからジェンティの気配がうっすらとわかるようになった。本当にうっすらとだけど。でもそんなものなくたって、あいつが近くで僕を見ているのはわかる。……ごめん、レイ」

「謝んな。余計に確定しそうだろうが」

しかも普段強気なオリヴァーらしからぬ、悲壮感たっぷりの口調で言われ、流石に頭を抱えたくなった。

「今のところ十割の確率だ」

「だからやめろって」

レイモンドはガリガリと後ろ頭を掻きながら、はー…と深い溜め息を吐いた。

慣れないこと続きで頭の整理が追い付かないのに、今度は命の危険までやってきた。

今までも暢気にしていたつもりはないが、もっと必死になったほうがいいようだ。しかし、どうすればいいのか。

「とにかく。次にすべきことは決まった。俺達でカンヴァニア・ジェンティを退治する」

「僕がやる」

「俺達でだ。お前達幻象調査部連中がどうしてあんな姿になって、化け物を退治できるのか、俺は知らない。でも、その能力はもう使うな。あきらかにお前自身もダメージを受けてるだろ」

オリヴァーが小さく息を呑んだ。あれで隠しているつもりだったのか。呆れる。

「二度と使うなよ。約束だ」

「レイ……」

ときめいたなら、キスくらいしてもいいぞ。――なんて軽い冗談を言うつもりが、その前に吐息が首筋に触れて、愛おしそうに繰り返し頬ずりをされていた。

「オリヴァー……」

二歳下なだけあってやることがガキだ。これはこれで可愛いと思えるから笑うこともできなかった。

＊

風の流れを頼りに無事地下迷宮を出ると、外はうっすらと白くなっていた。

暗がりを壁伝いに進んだせいで入ってきた所とは違う場所だ。近くで川の流れる音がして、古い墓石や石像に蔦が絡まっているのが見えたが、ここが霊園だとすると教会からそう遠くはないだろう。

ひとまず入ってきた所まで戻るかと二人で話をした直後、雑草を踏みしめる音がしてリードが現れた。

「ああ……よかった。無事でしたか」

ランプを手に持つ彼が、二人を見付けた途端に安堵の笑みを浮かべて、大きく息を吐いた。

「リード、どうしてここが？」

「さっき駆けつけた警官に、ここいら辺には幾つも穴があると教えてもらったんです。出会えたのはたまたまですよ。オリヴァー、大丈夫ですか？　さあ、私の手を」

「……いい。僕はレイと一緒にいる」

差し伸べられた手に触れもせず、オリヴァーはレイモンドの腕をぎゅっと抱き締めた。

肉の衝動に駆られて少々無体なことをさせたせいで、地下を歩く間もオリヴァーの足取りは覚束《おぼつか》なかった。勢い余って中出ししたのは我ながら情けないとしか言いようがない。歩くたびに中から出てくると散々文句を言われて、幾度となく背中を叩かれるわ、臑《すね》を蹴られるわで大変だったのだ。

ぎゅっと可愛く抱き締められたが、密かに抓られていることにはリードも流石に気付くまい。

痛みに唇を引き締めたレイモンドと、おそらく腹立たしさと気恥ずかしさで顔を起こせないオリヴァー。二人を交互に見ながら、リードが眉間に皺を刻んで、不快を露わにしていった。

「レイモンド、あなたオリヴァーに何をしたんですか」

「何って、いやそれは……流石になんと言うか……」

言えるわけがなく、レイモンドが口籠もると胸倉を摑まれた。

「何をしたのかと聞いているんです」

「――っ」

ぞっとするような寒々しい怒気に射竦められて、違う意味で絶句してしまった。

胸倉を摑む手を振り払うこともできず棒立ちになったレイモンドとリードの間に、オリヴァーが分け入った。

「レイがあんたに答える必要なんてないはずだ。それに僕は子供じゃないし、あんたとコンビを組んだつもりもない。心配は無用だ。この手を離してくれ」

「私は、あなたのために」

「それを僕から頼んだことはあったか？」

「それは……けれどオリヴァー、あなたは」

「レイから手を離してくれ」

言葉を遮るように強い口調で言ったオリヴァーに、リードは哀しい顔でそっと手を離した。

居心地の悪い空気のなか襟を直すと、「行くよ」と腕を引かれて、蹌踉めきながら歩きだす。

リードは付いてくることなく、黒い瞳でこちらをじっと見ていた。

彼の瞳に映るランプの灯がゆらりと揺れて、レイモンドは咄嗟に顔を逸らした。

何か今、良からぬものを見たような……。そんな気がして、レイモンドは胸をざわつかせていた。

四章

チリ、と熱く鋭い痛みを頬に感じて、五歳のオリヴァーは夢から覚めていた。

目の前でちらちらと白く揺れているのは、蔓薔薇《ばら》の細い枝だ。今しがた頬に走った痛みは、きっと棘《とげ》が引っ掻いたのだろう。じんじんと熱を持っているから、もしかすると血が出ているかもしれない。

眠気の残る目蓋でふわふわと瞬きしながら、ぼんやりと辺りを見回すと、ベッドに入ったはずなのに、なぜか森にいた。

まだ夢を見ているのかしら？　小さなオリヴァーは今にも再び閉じてしまいそうな目蓋を、がんばって開けると、少し離れたところにリタがいた。彼女は一つ年上の幼馴染みで、今日も公園で一緒に遊んだし、おやつも食べた。

でもリタが夢に出てきたのは、これがはじめてかもしれない。明日彼女に会ったら教えてあげよう。

ぼんやりする頭で思うと、リタの躰がゆらりと前後に大きく傾いでいった。そのまま後ろに倒れそうになって（あ…）と喉の奥で声を洩らすと、小さな躰を誰かが抱き締めて支えてくれた。よかった。頭をぶつけてしまうかと心配した。誰かはリタの躰を地面に横たえると、優しく頭を撫でていた。

どうやらリタは眠ってしまったようだ。彼女の周りにも何人かの子供達が眠っている。中には公園で見かけた子もいるし、教会で何度か話をした子もいた。みんな眠っている。森の中で眠るなんて風邪をひいてしまうかもしれないのに、大丈夫だろうか。

　ふと気が付くと、目の前に大きな黒い影があった。

　頭上で輝く綺麗な満月の光を遮って、黒い人影がオリヴァーを見下ろしている。大人の人だ。男の人だろうか。顔は逆光で見えないのに不思議と怖くはなかった。ただなんとなく、本当になんとなくだが、ここから今すぐ逃げたいと思っていた。

　黒い影はその間もじっとオリヴァーを見下ろしていた。見上げたオリヴァーはなんとなく逃げたいのに逃げられないまま、影を見上げていた。

　どれくらいの時間が過ぎた頃だろうか、黒い影が頰に触れてきた。チリ、と傷が痛んで、ぼやけた意識がまた少しだけ覚めた。

　ああ、やっぱり逃げないと。オリヴァーは今度こそはっきりと思ったのに、足が動かない。

　影はオリヴァーの頰を撫で、左の目蓋をなぞった。優しい手つきで繰り返し目の周りを撫でながら、じっと見下ろしている。指先が右の瞳へと移り、同じように撫でると影は言った。

「ワタシニオクレ」

　溜め息が出るような優しい声にオリヴァーは頷きそうになって、咄嗟に背中を強張らせた。

「ワタシニクレタラ、オマエニアゲヨウ」

　何を？　——そう声に出しそうになって必死に飲み込んだ。

　これはきっと悪い夢だ。絶対に答えてはいけない恐ろしい夢だろう。そうに違いない。じっと固まるオリヴァーを、黒い影は見下ろし続ける。

「ワタシニオクレ」と、優しい声が繰り返した。優しいのに拒絶を許さない響きに、オリヴァーはただ瞠目し続ける。

黒い影が顔を近付けてきた。月明かりが逆光になって顔は見えない——元々ないのだろうか。

視界の隅で蔓薔薇が夜風に揺れて、さざめいていた。

満開の白い花の影に潜むように、枝を鋭い棘が覆っている。僅かに触れただけなのに、頬に付いた傷がチリチリとまだ熱を発していた。

「ワタシニオクレ」

黒い影が更に近付きながら、また言った。

墨を落としたような顔の中に、やはり黒い目が二つ。

怯えた自分の顔が映っているであろうその目めがけ、オリヴァーは自分の手が傷付くのも構わずに蔓薔薇の枝を突き出した。

固い棘が子供の小さな手の平を容赦なく刺していた。頭上で鋭い痛みに呻いた黒い影が顔を押さえている。黒い影の指の隙間からぼたぼたと滴る血がオリヴァーの顔を濡らして、口の中に生臭い味が広がっていった。

顔を押さえながら影は蔓薔薇の枝を払い、オリヴァーの肩を捕まえた。今度こそ何かを取られるのか、恐怖に息をとめる子供の頭上で、黒い影が血を滴らせながらくつくつと嗤って肩を震わせた。

「アア……驚イタ。……お前は大した子だ。今ここで摘み取ってしまったら惜しいかもしれないね。折角だから熟すまで待ってあげよう」

穏やかな声がやけに機嫌良く、歌うような軽やかさで続けて言った。

「澄んだ二つの瞳で多くを見るといい。善《よ》きもの美しきもの、悪しきもの穢れたもの、清らかな二つの瞳で多くのものを映して、まろやかに熟したそのとき、私が食べてあげよう」

再びオリヴァーの頬に触れた手が、ぬるりとした感触を伝えている。血が出ているのに目の前の黒い影は愉しんでいた。

食べる？

この、目を？

今の言葉の意味を問うよりも前に、男の躰が夜の森に融《と》けていく。いつの間にか姿が見えなくなったのに、声だけはすぐそこから聞こえた。

「それまではお前に預けておくよ。くれぐれも傷付けてはいけない。いいね。約束だ。この瞳は私のものと決めたのだから――」

声のあと、右の睫毛を風がなぞっていった。

＊

腕の中でオリヴァーの躰が小さく跳ねて、目蓋を開いた。

微かに吐息を浅くしながら、呆然としている。青白い横顔を暫く眺めていたが一向にこちらに気付く様子もなくて、「おい」と頬を抓ってやると、オリヴァーが気の抜けた声を零して、勢いよく半身を起こした。

「……レイ」

「おう。起きたか」

「あ……ああ……」

「そりゃよかったな」

ずっと腕枕していたのに急にそこが空いて、少し肌寒さを感じる。レイモンドが腕を引くと、オリヴァーは気恥ずかしげに一瞬身を強張らせたが、最後は大人しく腕の中に収まってくれた。小柄なせいか抱き心地が丁度いい。少し高めの体温も眠気が残る躰に気持ち良く馴染んでいた。

「魘《うな》されてたぞ」

毛布の中で身を捩り、細い躰を素早く組み敷くと「あっ」と微かな声を洩らして、オリヴァーが恥ずかしそうに目元を赤くしながら軽く胸を押してきた。

「まーだ抵抗する気か？　散々気持ち良くなったくせに」

「うるさい。変なこと言うな」

「本当のことだろうが」

減らず口は相変わらずだが、鮮やかな桃色の頬に、瑞々しい碧の瞳がよく映えている。

この澄んだ瞳がたまらなく好きだと、見つめるたびにレイモンドは実感する。吐息が触れ合う距離で見つめながら下睫毛を撫でてやると、オリヴァーが居心地悪そうにしながら目蓋を閉じた。もっと見つめていたいが、それよりも今度はこの唇にキスをしたくなってきた。

オリヴァーの吐息が微かに気怠さを纏っている。

完全に心を開いたとは言い難いし、行為に慣れていないくせに、うっすらと甘い色気を見せる彼に誘われて唇を重ねると、辿々《たどたど》しい指がレイモンドの頬を撫でてきた。可愛い反応だなと思った矢先、頬を抓られる。

「痛えよ」

文句が返ってくる前に再び唇を塞いでやる。角度を変えながら軟らかな口内を愉しんで、自分のそれよりも少し薄い舌をくすぐる。

「ん……んっ……ふ、ぁ」

慣れない刺激にオリヴァーの吐息が上擦り、首筋が仰け反った。

細くて白いそこに顔を埋めて頬ずりすると、小さくかぶりを振って嫌がられた。

「レ、イ……髭、痛い」

「あー…起きたら剃るよ」

「いま痛いのに……ぁっ、も……や、ゃめろってば……んんっ」

「あとで剃るから、少し我慢しろって」

感じやすい耳裏を舐めながら、胸の突起を指先で転がすと、オリヴァーの躰がすぐにもせつなげにくねりだした。文句は甘い吐息に変わって、あとはなし崩しだ。

昨夜、地下墓地で肌を交えた後、教会に泊まると言ったオリヴァーを半ば強引にアパートへ連れて帰った。しかし単身者用の部屋に客室なんてものはなく、必然的に狭いベッドで男二人《なか》がひしめくように横たわると、数時間前の余韻に引きずられるようにして、また肌を合わせていた。

はじめこそ慣れない快感に戸惑っていたオリヴァーだが、長い時間をかけて、もどかしいくらいに丁寧に愛してやると、華奢な躰はゆっくりと強張りを解いていき、最後は自ら愉悦を求めていった。

レイモンドのそれを根元まで咥え込みながら、「きもちいい……」と恍惚の表情で言うのを見たときは、昇天しそうだった。

そして朝、二人は素肌のまま狭いベッドで、一枚の毛布に包《くる》まりながら目を覚ました。幸せな目覚めかと思いきや、オリヴァーは悪夢に魘されたようだが。

「もぉ……っ、やめっ、くすぐったぃ……っ」

無精髭が鎖骨を撫でただけで可愛い声ですぐ怒りだすが、本気じゃないことも知っている。

朝っぱらから気丈な態度が愛おしくて浮かれてしまう。碌に寝られていないのに、オリヴァーが腕の中にいるってだけで気持ちが弾んで仕方ない。

今が何時なのか知らないが、もう少しだけ愉しむ時間をくれ。この際、遅刻も仕方ないと、やる気十分なレイモンドが毛布の中に潜り込むと、オリヴァーが激しく背中を叩いてきた。

「レイ！　レイ！」

「な、なんだよ……痛えから叩くな」

これからだっていうときに邪魔されて、不機嫌に毛布から顔を出すとオリヴァーが窓を指さした。

朝日が差し込むカーテンの隙間から、虎猫のティークがギャアギャアと狂気じみた声で鳴き叫びながら硝子窓を引っ掻いていた。

「ティーク、チャーリーの部屋は隣だぞ。邪魔すんな」

気難しい猫は隣人の部屋を食堂だと思っていて、それ以外の部屋は寄る価値もないと思っているのだ。ところが珍しいことに、窓の外で開けてくれと断末魔のような泣き声を上げながら必死の形相で叫んでいる。

必死なのも何もかも、いつものティークだが、チャーリー以外の部屋の前でそうするのははじめてだ。

「入れてやれよ。酷い声だ。きっと何日もご飯を食べてないんだろう」

「いや、それは絶対にないぞ。あの不貞不貞《ふてぶて》しい顔の通り、悪食《あくじき》だからな」

昨日だって朝から不気味な声で起こして、隣人から餌をもらっていたし、チャーリー曰く手抜きをすると文句を言うらしい。――とにかく気難しい虎猫がうちに寄るはずがないのだが。

「早く」とオリヴァーに急かされて、仕方なくベッドを下りた。

窓を開けるなり、ティークは猛烈な勢いで飛び込んできて、毛布の中に突っ込んでしまった。

「ティーク！　部屋、間違えてんぞ！」

「猫、震えてる」

「はあ？　ティークがか？　まさか」

不貞不貞しさが毛皮を着ているような猫が、毛布の中で小さく丸まって震えている。

レイモンドは身を乗り出して、窓の外を見回した。

朝靄が残るラヴィリオ市は今日も快晴だ。通りには作業員や行商人の姿が見える。その一人一人を素早く目で追っていくと、向かいの路地に入っていく男の背中に目が留まったが、しかし見たのは一瞬だけで、すぐにも見えなくなった。

「どうした？」

オリヴァーがシャツに腕を通しながら、隣に並んで外を眺めた。

「今、リードがいたような気がしたんだが……いや、気のせいかもな」

「あいつが……？」

「遠目に後ろ姿が似てただけだ。さすがに昨日俺達の後を付いてきたなんて言わねえだろ」

オリヴァーへの妄愛的な態度を思い返すとそう否定もできないが、それをやったら変態確定だ。あの紳士が、そんなことをするとは思えない。

「あいつ、レイを嫌ってる」

「同じことをエドにも言われたよ……」

好きで嫌われたわけではないが、嫌われる要因が少々多すぎるのだ。

「お前もお前だ。少し突っぱねすぎじゃねえか」

「はじめから仲良くする気なんてないからな」

「そりゃまた冷たい」

「……本当なら、あんたともだ」

「そっちは予定が狂っちまったな」

釘を刺す視線に、こっちはニヤニヤ。

「理由は昨日言っただろ。それでも平気な顔してるなんて、どうかしてる」

オリヴァーはいつの間にか着替えはじめていた。レイモンドはまだ全裸だし、続きをする気だったのに、彼のほうは床に転がっていた靴を拾い紐を結んでいる。さっきまでの甘い空気はどこへ行ったのか。

「どうかしてるんじゃなく、どうにかしねえとな、とは思ってるよ。少しはな」

着替えたばかりのシャツを脱がそうとすると、容赦なく手を叩かれた。

「どうせ実感がないだけだろう。後悔したって知らないからな」

「リードだって、お前の抱える問題を知ってるんだろ。それを承知で近付いてきてるんだから、俺と一緒さ。あいつも覚悟の上でなんだろうさ」

「そうだとしても……なんだかしっくりこなくて……」

「しっくり。なんだそりゃ」

急に曖昧になった返しに、レイモンドは小首を傾げた。一瞬虚ろな目をしたオリヴァーの隙を突いて抱き締めようとしたが、さらりと躱されてしまった。

窓から見える時計塔は、まだ早朝だと教えているのに焦らされっぱなしだ。

「さあ。僕だってわからない。――じゃあ、先に行く。教会にも寄りたいしね」

「あ？　おいっ。せめて一緒に飯くらい……おい、オリヴァーっ」

レイモンドの話を聞き終える前に、オリヴァーはさっさと出ていった。

「あいつう……」

つれない。あまりにもつれない。こんなことになるなら、起きるのを待たずに触っておけばよかった。一人残されたレイモンドは、全裸のまま部屋の真ん中で仁王立ちして唸った。

ベッドに腰掛けると、毛布の中でギャアとティークが潰れた声で一鳴きした。

「うちに来たって碌なもんねえぞ」

ここに越してきてから一度もこの部屋に入ったことがなかった気難し屋の猫が、何を恐れて、何から逃げてきたのだろうか。これもまた、しっくりとこない出来事だ。

「……しっくりか」

そういえばエドワードも似たようなことを言っていた。

居座ろうとするティークを隣人に押しつけて、馴染みの珈琲店で「昨日の子は一緒じゃないのか？」と店主夫妻に茶化されたあと、定時に出署すると課長が先に来ていた。

エドワードはいつものことだが、課長がレイモンドより先にいるのは珍しい。それを言うと、「たまにはね」と眼鏡をずらして、少し眠たそうに目を擦っていた。

「ところで、あの二人は？　一緒じゃないの？」

「さあ……。そういやまだ来てないっすね」

長椅子の真ん中に腰掛けて、狭い室内をわざとらしく見回す。

オリヴァーはレイモンドよりもずっと早くにアパートを出ていったのに、どこで道草を食っているのか。教会へ行くと言っていたが、おさわりを断られたショックでどこの教会か訊いていなかった。

「まあ、市警までの道さえわかれば、そのうち来ると思うから、僕達だけで朝礼はじめちゃいましょう。エドワード君、昨日の報告して」

「私ではなく、彼にさせたらどうですか？　当事者ですし」

「だって昨日の報告書、もらってないからなあ……」

「昨日はその……いろいろあって、そんな気力もなくてですねえ……地下墓地から無事に出てこられただけでよしと思ってくださいよ。報告書ならあとで幾らでも書きますからあ……」

「レイモンド君の報告書、読みづらいからなあ」

「あれでも俺なりに真面目に書いてんすよお？」

頬杖を突いて拗ねた顔をした中年に、がっくりと肩を落としながら言い訳する。二人を交互に見るエドワードの視線が冷た過ぎて痛い。

「レイの通報のおかげで、アイアトン祝祭会絡みの失踪者の遺体を地下墓地で発見できたのは功績です。やはり眼球のない死体が九体でした。検死した医師によると、いずれも死後に取られたようです」

「またかよ……」

「レイモンド君は何か見てないの？」

「いや……俺はいろいろあって、いっぱいいっぱいだったんすよ」

「レイの言う通り、確かにいっぱいいっぱいになるような現場だったようですね。駆けつけた一課の連中が三人卒倒したそうですよ。古屋敷でのこともあって、0課の要請に応じると碌な目に遭わないって、朝一番に苦情が来ました」

「うーん。この件に関して、オリヴァー君の意見を聞きたかったんだけどなあ……まだ来ないね」

自然と三人はドアを見て、それぞれ落胆のリアクションを取った。

「レイモンド君はどう思ってる？」

「眼球のない九体の死体が連続していることといい、オリヴァーが来たことといい、カンヴァニア・ジェンティがまた現れた、と疑うべきでしょうね。可能性を排除する理由もないですし、一度掘り下げて調べる必要がある。アイアトン祝祭会の主催の妻が現場にいたことも気になるし。彼女がカンヴァニア・ジェンティだとは思えないものの……」

問題のカンヴァニア・ジェンティに実は命を狙われているかもしれないということは、敢《あ》えて伏せておいた。部下の危機など知る由もない課長は「そうだよねぇ」と変わらず暢気な相槌を打っていて、緊張感のなさにかえって心が癒やされる。

「繋がっている可能性は大いにあるわけだ。そうだねえ。被害者の特定は一課ががんばってくれるだろうし、僕らは推定カンヴァニア・ジェンティの行方を追うことにしましょうか」

「僕らっていうか、俺ですよね。俺とオリヴァーっすよね、課長」

「報告書はエドワード君に手伝ってもらうといいよ」

「嫌ですよ。子供じゃないんですから、自分でどうにかなさい」

エドワードが容赦なく突っぱねる。こっちはこっちで優しさの欠片もない。

「……そんなに読みづらいっすかねえ」

眠い目を擦りつつも真面目に書いているつもりなのに酷い言われようだ。ぼやいたレイモンドに、課長は「わかってないのも困りものだよねえ」と、遠い目をしていた。


朝礼が終わるのを見計らったように、オリヴァーがやっと来た。

「ごめん。少し足止めを食ってしまった」

急いで来たのか少し息を切らしながら、課長に小さく頭を下げる。金の艶やかな髪がぼさぼさだ。

「リードは一緒じゃないんですか？」と、エドワード。

「いや。どこにいるかも知らない」

「あの人が無断欠勤ですか？　あの人が？」

エドワードが二度も繰り返すほど意外なことらしく、課長も神妙な表情になった。

「まあ、いいでしょう。僕らは通常業務です。レイモンド君、あとは宜しくね」

「結局俺達だけなんですよねえ……」

不満を零すと、エドワードが「手伝いませんからね」と眼鏡のレンズを光らせていた。

それからオリヴァーと二人、0課を出た。市警を出るため歩いている間に朝礼での話を伝えたが、オリヴァーはどことなく上の空で、頷く横顔にも覇気がない。今朝見たときとの差に、流石に心配せざるを得なくて、レイモンドは歩みを止めた。

「何かあったのかと、訊くのは迷惑か？」

「あとで言う」

素っ気ない返事だ。

「すぐには言えないのか？」

「必ず話すから、この件に関しては放っておいてくれ」

「……なんだか微妙な言い回しだな」

勿体振られて気にならないわけじゃないが、しつこく訊いても余計にだんまりされるだけだろう。

そんな気がして、強く返せないままだった。

「そんなことよりも腹が減った」

「飯食ってねえのかよ」

「食べたけど、少し物足りない」

「絶対に少しじゃねえだろ、それ」

レイモンドの文句を無視して、オリヴァーは通りの向かいにあるベーカリーに吸い込まれていく。

腹が満たされれば、少しは元気になってくれるか。淡い期待を持って、仕方なく追いかけた。

結局なぜかまたレイモンドが支払うことになったが、ナッツ入りのスコーンがお気に召したらしく、オリヴァーは先ほどより明るい表情だ。

「で、次はどうする？」

「一番大きな図書館へ連れていってくれ。王立がいい。カンヴァニア・ジェンティの詳しい情報をレイに伝える。まずはカンヴァニア教会のことから」

「カンヴァニア教会？　聞いたことねえな……」

「ラヴィリオ市内にあった教会だ。カンヴァニア・ジェンティはそこで生まれた」

「……大ボスは同郷かよ」

今日もまた濃厚な一日になりそうだ。

オリヴァーが大事に抱える紙袋に手を突っ込んで、レイモンドもスコーンを囓っていた。


オリヴァーのリクエスト通り、市内で一番大きな王立図書館へ案内してやった。

図書館へ行く途中でもチョコレートを買わされて、着いたら着いたで珈琲を奢《おご》らされた。

今朝エドワードに経費で落ちるか訊けばよかった。財布が軽くなるのと比例するように不安は募っていくが、華奢な割にはよく食べる狩人様は食欲も胃袋も満たされて、仕事する気満々のようだ。

はじめに古い新聞でカンヴァニア教会事件のことを調べた。オリヴァーの「八十年前から九十年前の間」という曖昧なアドバイスのおかげで結構な時間を要したが、八十七年前の記事を見付けて作業の手が止まった。

「カンヴァニア教会変死事件――これか。五歳から十歳までの子供達十人が教会内で死亡。なんらかの儀式の痕跡が見られるが詳細は不明。教会師の行方は不明。警察が追っている」

「こっちにもある。カンヴァニア教会での事件以降、ラヴィリオ市では幾つか変死事件が起きてる」

「被害者は子供達か。……ああ、本当だ。マジかよ」

カンヴァニア教会の事件をきっかけに、ぽつぽつと子供ばかりを狙った変死事件が起きていたが、新聞が大きく取り上げはじめて間もなく記事は消え、どんなに捜しても似たような事件は見つからなかった。

「ラヴィリオ市を出たんだ。それからイーニッドの村や町を転々として、二十年前にコーディ村へ来た」

王立図書館といえども、流石に地方の新聞までは収蔵されていなかった。わかったのはラヴィリオ市内の事件のみで、それだけでも三件ある。つまり市内だけでも三十人の子供がカンヴァニア・ジェンティの餌食になったのだ。

「こんな酷い事件がどうして埋もれちまったんだ。……あきらかに異常だろ」

古い屋敷でジェンティをはじめて目にしたときから、常軌を逸《いっ》したものを立て続けに見てきたが、この事実が一番メンタルにキた。

相手は子供だ。ヤバイ薬でハイになっているような大人達じゃない。堪えきれずに両手で頭を抱え項垂れたレイモンドは、自分ではどうすることもできない苛立ちを宥めようと、幾度か大きく息を吐き出したが、簡単に気持ちが落ち着くなら、はじめから苦労はしない。最悪な気分だ。

「政治が不安定な頃だからだ。事件が多い時代だったんだ」

「不安定なのは今でもだろうが。警察は何してたんだ……専制君主だろうが、現政府だろうが、捜査機関はあるだろうが。この国はどうなっちまってんだ……」

「どうかしてるのは、政府や警察やこの国だけじゃない。レイが言ってただろう。どこかの国で血を吸う化け物がいなかったか？　って。それはヴァンパイアと呼ばれてる。聞いたこともない遠い国では吸血鬼とかドルトとかね。血を吸う化け物以外にも、魂を喰う奴だって、人を餌にする奴だって数え切れないほどいると言われているけど、実際それを目にした者はいるかもしれないし、いないかもしれない。だけどジェンティはたまたま存在した。この国ではね」

「いるかいないかも定かではない化け物が、たまたまこの国では存在してた——って。ふざけんな」

「それは僕も同意見だね」

溜め息を零しながら顔を起こすと、すぐ隣からオリヴァーが見つめていた。弱音を吐いたレイモンドを少しは心配してくれたのか。じっと見つめる透き通った瞳に癒やされる。

「ここでオリヴァーからキスしてくれたら、俺は相当元気になるぞ」

「……っ、し、しない」

途端に声を震わせ視線を逸らしたオリヴァーの純情さに、レイモンドは笑った。

「笑うなっ。レイほど、そういうのに慣れてないんだから仕方ないだろ」

「ほど？　俺ほど？」

「うるさいっ」

ニヤニヤして顔を覗き込むと、片手で顔を摑まれた。出た出た。可愛い顔して乱暴者のオリヴァーだ。赤面した相棒にじゃれつくと、眼鏡の女性司書が飛んできて怖い顔で怒った。

二人で同時に縮こまって、足音が遠ざかるのを見計らい、そっと苦笑し合う。

「レイ」

呼ばれたと思ったら、左の頬に、ちゅ、と軽い音がして、唇がさりげなく触れていった。

「お…っ」

危うく大声が出そうになってしまった。

今、ちゅって音がした。ちゅって、可愛い音が。

「そ、……それで我慢しろっ」

予期せぬ反応に酷く驚いて絶句しているレイモンドの反応が、オリヴァーには余計恥ずかしくなったのか、急に席を立って本棚の向こうへ消えていった。後ろ髪からちらりと見えたうなじが、真っ赤だった。耳の先までも。

「可愛いが突き抜けてたぞ……」

あとで隙を狙ってディープキスしてやろう。先ほどまでの憤りを忘れて、強く心に誓った。

「今のはやはり見なかったことにするべきなのが得策でしょうかねえ……」

「――！　エド……！」

背後からの声に勢いよく振り返って、つい大声を出していた。

また気難しげな司書がレイモンドを指さしながら小声で注意してきて、すんませんすんませんと小刻みに頭を下げる。このままでは出禁になりそうだ。

彼女が漸く去って胸を撫で下ろすと、何食わぬ顔で書棚を眺めていたエドワードが珈琲のカップを手渡し、もう一つをテーブルに置いて、さっきまでオリヴァーのいた席に腰掛けた。

「資料庫からカンヴァニア・ジェンティ関連だと思われる事件を、見付けられるだけ見付けてきました。十年以内の事件です」

「持ち出してきたのか？　ヤバくねえの？」

「市警にあったところで、クローゼットの肥やしみたいなものでしょう。箱だって埃だらけだったし。管理が杜撰《ずさん》で黴だの染みだのがあったほどですよ。寧ろ有効活用する私を褒めてほしいくらいだ」

不正を自信満々に言われて、レイモンドは苦笑する。生真面目な同僚の憎めないところだ。

「……時々豪胆なことするよなあ……」

「それで？　何か見つかったの？」

呆れていると、いつの間にか戻ってきていたオリヴァーが本を抱えながら、二人の間から覗き込んでくる。「ええ」と、エドワードが早速資料を開いた。

「調書こそありますけど、人員不足と一課の怠慢が原因でまったく捜査されていないものが五件。いずれも例の降霊会〝ファンタスマゴリア〟絡みですね。いかがわしい儀式だの、怪しいショーだのが行われていたパーティの会場で、事故か故意か、いずれにしても眼球のない死者が九名出ています」

「警察は何してんだ……」

二度も同じことを言いたくなるほど怠慢が過ぎている。もはや職務放棄だ。

「あなた、一課にいたんでしょう？　調べたかぎり三年前から在籍していますよね？　少なくとも一件は在籍中の事件です」

「……マジでか？」

「人員不足と一課の怠慢。なるほど」

二人にやんわりと責められて、レイモンドは頭を抱えて唸った。

「どこかで誰かが止めているか、私腹を肥やして揉み消してるか。クソッ、揉み消すなら調書は処分しとけよな。止めるにしたって詰めが甘いぜ」

「あなたが一課唯一の良心で幸いですよ。まあ、それも過去の話ですが。——いずれのパーティも主催者は現在逃亡中か消息不明になっていますが、会の出席者は皆、あるときから主催者が別人のように人が変わったと証言しています。他にも……これ」

エドワードが黄ばんだ調書を指さして、二人は覗き込んだ。

「主催者の人格が変わりはじめた直後に、親しげに彼らに接触する人物がいた——とあります。これがもし、レイモンドの報告書にあった『師』だとしたら？　それからその謎の人物が現れた直後から、興行自体が規模を大きくして、参加者が大幅に増えた」

「カンヴァニア・ジェンティが餌を——観客を集めてたってことか」

「そう考えるのが妥当だね」

オリヴァーが頷いた。

「あと、一つ」

「エド、今日は頼もしいな」

「事務方は事務方の仕事をしただけですよ。実は……オリヴァーには少々言いづらいんですが、リードのことを調べてみたんです」

「なんだって急に」

エドワードは眼鏡越しにちらりとオリヴァーを見て、ずれてもいない眼鏡を直した。

「バーで私が言ったことを覚えていますか？　しっくりこないって……」

オリヴァーがいる手前、話しづらいのか遠回しな説明だが、その件ならずっとレイモンドも引っ掛かっていた。「なに？」とオリヴァーにせがまれて結局白状することになったが、特に気にしていない様子を見てエドワードは安堵したようだ。

「それで？　何がわかったの」

「ええ。話を聞いていて気付いたのは、あなた達は確か今回の事件が初対面のはずなのに、彼はまるですぐ近くでオリヴァーを長年見てきたように話すんです。オリヴァーの熱烈なファンのようだから、噂話で想像が肥大化したのかもしれない。けれど、それにしてはあなたのことを知り過ぎているような気がして……。それにオリヴァーは今まで仕事のときは一人で行動してきたんでしょう？」

問われて、オリヴァーは頷いた。

「その間、他の狩人には会いましたか？」

「いや。でも王立教会へは行った。狩人をサポートしてくれる」

「そこで任務の話は？　０課へ来ることを誰かに話しましたか？」

「任務内容は教会を通じて受け取るが、それを他の狩人に話すことはないし、教会もそんなことはしないはずだ。——ああ、そうか」

「なに？　なんだ？」

目を見開いたオリヴァーに、今度はレイモンドが問う番だ。

二人を交互に見て答えをせがんだが、エドワードはオリヴァーを見つめたきりで、オリヴァーは顔を強張らせて黙り込んでいた。

「教会側が情報を洩らしていないとすると、あなたが０課へ来ることを知っていたのは王立幻象調査部のみです。なぜ任務に出ている狩人が情報を知っていたんでしょう。このことが一番しっくりこなかったんです」

「エド……お前、すごいな」

「こういう僅かな食い違いが一番気持ち悪いんです。おかげで昨夜は一睡もできなかった……」

テーブルのマグカップの珈琲に口を付けて「あ」と、エドワードが苦々しく目を細めた。

「これ、差し入れのつもりだったのに」

「気にすんな。飲め飲め」

「あなたにではなく、オリヴァーにですよ」

「いいよ。僕はこっちを飲むから」

持っていたカップをオリヴァーに奪われてしまった。

「違和感に気付いてから、少しずつ様々なことが気になってきて調べてみたんです」

カップをテーブルに戻して、エドワードは続けた。

「私達が会った屋敷であの人、近くの村で任務に当たっていたと言ってましたよね。任務を終えたばかりで幸運だったと」

「よく覚えてるな」

「それでひとまずラヴィリオ市郊外の各署に問い合わせてみたんですが、少なくともこの二週間、近隣の村や町で殺人事件は起きていません。ジェンティ絡みなら、殺人か奇妙な事件は付きものでしょう？　それについて確証はないですが、少なくとも我々が関わった事件には被害者が出ている」

「あんたとコンビが組みたかったな」

エドワードに向かって、オリヴァーが目を輝かせた。遠回しに無能扱いされた身としては「おい」と低い声で突っ込むくらいしかできない。実際今のエドワードは有能だ。

「しかし今日だけでよく各署に連絡が取れたな」

「課長が署長に今朝何か言ったみたいですよ。電話は経費が嵩《かさ》むから滅多に使用を認めてくれなかった、あの署長が許可してくれたんです。しかも各署にですからね」

なるほど。だから今日の課長は早く来ていて、眠そうだったのか。

「使えるな、0課」

「エドのおかげで、オリヴァーの0課への評価は上がったようだが、それでリードは？　奴が怪しいってことはわかったとして、それがなんだ？」

「生憎それは私の仕事ではないので。私のできうるかぎりの調査をして報告しただけですから、この情報の解釈はお任せします。私はこの資料をこっそり返してくるのが本日最後の仕事ですので」

革鞄にさっさと資料を片付けて、エドワードは席を立った。

「ああ、そうそう。課長からメモを預かっていました。私が帰る前に渡してくれと言われて」

仕立てのいい上着の内ポケットからメモを出して、レイモンドに手渡した。

「課長も彼を怪しんでいたようですね。気付いてます？　課長、彼の名前だけは一度も呼ばないんですよ。――では」

最後の最後で決定的な指摘をされて、ばつが悪くなりながら頼もしい同僚を見送った。

エドワードがいなくなると、広い図書館が途端に静まりかえった気がした。遠くに見える壁時計はもうじき閉館時間を迎えることを伝えている。

「俺達もそろそろ出よう。ダラダラしてるとまた怒られるぞ」

「ああ。でもその前に一つだけ」

オリヴァーは戻ってきたとき大事に持っていた本をレイモンドの前で開いた。

「これは古い王立教会名簿録だ。これがあってよかった。見て――ここにカンヴァニア教会に所属していた教会師の氏名と住所がある」

「下町だな。古くから変わらない地区だ。名前は――」

わずか一行の小さな文字を指の先でなぞっていき、印刷された名前を見て動きを止めた。

二人は自然と顔を見合わせていた。

そしてエドワードから受け取ったばかりのメモを開くと、再び視線を合わせていた。

*

女性司書に追い出される前に王立図書館を出たあと、辻馬車を捕まえた。

行く先はカンヴァニア教会師の家だ。といっても、教会師は八十七年前の事件で失踪している。せめて親族がいてくれることを願い向かうと、古い屋敷には幸いなことに曾孫《ひ》娘の家族が住んでいた。

「曾祖父《そうそふ》のことは祖母が時折話をしてくれました。ハンサムで優しくて、そのせいか信者も沢山いたんですって。祖母にとっては自慢の父でしょうね」

一人は警官とはいえ、夜遅くに押しかけたのに嫌な顔もせず家に上げてくれた彼女は、タルトと温かな紅茶まで出して歓迎してくれた。家族は今夜夜釣りに出て、退屈していたのだという。

小柄な中年女性だった。下町に住んでいることが不思議なくらいに品のいい女性だ。

「祖母には一つ上の兄がいて、当時五歳でした。生まれつき目が悪くて、五歳の頃には見えなくなっていたらしく、曾祖父はずっと心を痛めていたようです。ラヴィリオ中の医師に相談したり、地方に名医の噂があるたび手紙を書いたりして、少しでも可能性があるならばと様々な異国の書物も集めていたそうですけど、目が治る術はなかったと聞きました」

「それでも諦められずに、曾《ひい》おじいさんは自分で何かをしようと？」

タルトを食べているレイモンドに代わって、オリヴァーが尋ねると彼女は曖昧に微笑《ほほえ》んだ。

「さあ、どうでしょうねえ……。事件のあった夜、曾祖父が何をしていたのか見た人は誰もいません。祖母は曾祖母と一緒にこの家で眠っていた。でも兄は——曾祖父と一緒に教会にいたんです。それは確かなことのようです。曾祖父を除いて、皆死んでしまったけれど……」

ああ、そうそう。彼女は小さく手を叩いて、一人掛けのソファから立ち上がった。

「写真があるんですよ。当時は珍しくて、教会が建った記念にと、わざわざ撮ってもらったそうです。ちょっと待っていて」

奥に消えてから間もなくして、古い木箱を持ってきた。中を開けると写真の束が入っていて、一枚一枚確認しながら箱へ戻していく。

「オルゴール箱だったんですけど、壊れてしまって鳴らないの。祖母の四歳の誕生日プレゼントで、今は私が預かっているの。——あった、写真はこれです。小さな男の子が祖母の兄。ブロンドヘアにグリーンの瞳が綺麗だったそうよ。きっと曾祖母に似たんでしょうね。美人でしょう」

「じゃあ、この抱いているのが……」

モノクロの写真を二人で凝視しながら、レイモンドは尋ねた。

写真は古く全体的にぼやけているが、それぞれの人相はわかる。両親と幼い子供二人の表情は優しく、幸せそうだ。

「ええ、祖母の兄を抱いているのが、曾祖父のリード・セシルよ」

ハンサムでしょう。と彼女は少し誇らしげに笑っていた。


屋敷を後にして、待たせていた馬車に乗ると、馭者が車内にランプを灯してくれた。

ひとまずレイモンドの自宅近くまで行くように告げて、石畳を進む車輪の音をぼんやりと聞いている。隣のオリヴァーも黙ったきりだ。レイモンドもかける言葉もなく、上着の腰ポケットに入れてあったメモを出して開いた。

ランプの弱い明かりに照らされた課長からのメモには、王立幻象調査部からの派遣はオリヴァーのみ。リード・セシルという人物はいない。指令書を偽造したものと思われる。――とある。

オリヴァーが図書館で見つけ出してきた王立教会名簿にも彼の名があった。そして古びた写真に写っていたのも紛れもなくリード・セシルだった。

「子供の目を治したいがためになんらかの儀式をして、ジェンティを呼び出してしまったんだ。そして乗っ取られたんだろうね、自分の躰を」

ずっと黙っていたオリヴァーが静かに言った。

「そしてカンヴァニア・ジェンティは生まれたのか」

古い新聞にも『なんらかの儀式の痕跡が見られる』と書かれてあった。それがジェンティを呼び出すための出来事であることは間違いないだろう。

レイモンドの手からメモを奪い、オリヴァーはじっと見つめながら腕に凭れてきた。肩に預けた表情は暗く物憂げだ。それはレイモンドも同じだった。

「ジェンティがどうやって仲間を増やしているのか、まだ判明していない。だけど、人をジェンティに変えはじめたのはカンヴァニア・ジェンティだ。あいつがいなければジェンティの被害者もいなかった」

「人だった頃のリードはきっと万策尽きて、奇跡にも縋る思いだったんだろうな……」

「奇跡なんかじゃない。悪夢だ。最悪の結果だ」

オリヴァーが搾り出すように言って、深く項垂れた。彼の怒りを間近に感じる。

「ああ、お前の言う通り、最悪な結果だ。……幸せそうな写真だったのにな。だが子供の将来を案じていたとしても、人ならざる力に頼るべきじゃなかった」

「当然だ。少なくとも関係のない九人の子供を犠牲にしたんだ。自分の子を入れて十人だぞ!? 絶対に許されることじゃない」

語尾を荒らげて、オリヴァーがメモを握り締めた。

「あいつがどんな覚悟を持っていたとしても許されないことだ。たった一匹の化け物が長い年月をかけながらイーニッド中を駆け回り、その痕跡が病魔みたいに広がって、大勢の犠牲者が出てる。ジェンティがいるかぎり、これからも出続けるんだ。たった一度、儀式に成功して、この世にジェンティを呼び出してしまったばかりに……っ」

涙交じりの声を隠すようにオリヴァーは両手で顔を覆っていた。

「オリヴァー……」

深く俯いた彼の肩を抱き締めながら、レイモンドは髪にキスをした。さらさらとした感触に煩ずりしながら、今はこんなことしかしてやれない自分に、そしてオリヴァーを苦しめる存在に、腹の底から湧き上がる憤りを覚えて奥歯を噛みしめた。

「犠牲者だけじゃない。僕は家族を失った。大切な友達もだ。傷付けられた人が大勢いる」

なぜカンヴァニア・ジェンティ――リードはオリヴァーを付け回し、彼の親しい者達を手に掛けてきたのか。そしてなぜオリヴァーに執着していながら、殺そうとしないのか。

「俺達が退治するんだ」

オリヴァーがゆっくりと一つ深々と頷いて、気持ちを落ち着かせるように大きく息を吐き出した。

手の平で涙を拭ってから、ぎこちなくレイモンドを見返すと、口元に小さな笑みを見せてくれた。

少しくらいは支えてやれているんだろうか。儚《はかな》い笑顔にレイモンドも笑みを返して、握り締めたままのその手を上から包み込む。

「また逃げられたら」

「逃げやしないさ。あいつは俺達に関心がある。それに俺達が会話してると、リードが気配もなく間に入ることが何度かあった。そうじゃなくても、近くにいるような気がしてたし、今も現れるんじゃないかとなんとなく思っちまってる」

窓の外にもあの品のいい男の姿は見当たらず、昨日までは身近に感じられていた気配が今夜はなかった。寧ろそれが当たり前なのだが、この数日の急展開に感覚が麻痺しているようだ。

「まあ、いても困るんだけどな。何をどう話していいかわからねえし」

レイモンドは少し困ったように苦笑した。一方オリヴァーは冷ややかな視線を向けてきた。呆れというより批難の目だ。

「この期《ご》に及んで、まだ打ち解けようと思っているほうがどうかしている」

「あいつの人間性に希望を捨ててない――と言ったら大袈裟か。でもまだどこかで人間に戻る術があるんじゃないかと思っててさ……。だって、どこかから呼び寄せることができたんなら、帰すことだってできるはずだろ？　化け物に乗っ取られたとしても、どこかにリード自身が残っているかもしれない。少なくともリード本人に悪意はなかった。救える何かがあったっていいだろ」

「九人の生贄《いけにえ》を用意しておいて、悪意がないなんて笑わせるな。自分の子供の目を治すために必死だったからとはいえ、九人の子供の命を蔑《ないがし》ろにしていい理由なんてあるはずがない。仮に悪意がなかったとしても、それは狂気だ。息子のために禁断の法を選んでしまったのだから」

「確かに狂気だ。それ以外の何物でもない。だが俺達が退治するのはジェンティで、リードじゃない。混同するのは違うだろ。リード本人は司法の場で裁かれるべきなんだ」

「……それができるならね」

オリヴァーが自嘲気味に言った。

「僕が封印するところを見ただろう。あの球体はジェンティの魂核だ。乗っ取られた躰は内側から変わっていく。心臓は魂核へ、肉体は脆《もろ》くなり人を糧にしなければ長くは保たない」

だからアイアトン・ジェンティと対峙したときに、オリヴァーは容赦なく蹴ったのか。ヘコんだ顔を思い出した。

「あいつは既に九十年近く生きてる。その間に数え切れないほどの人を喰らって、変化し続けたはずだ。もし人としての欠片が残っているなら、どうしただろうね」

「自ら命を絶つか。——いや。長い年月でその可能性が一度もなかったのなら……」

レイモンドは言葉を詰まらせて、うなじをガリガリと乱暴に掻いていた。

「あいつ、近くの村で任務があったと言っていたけど、もしジェンティを封じたとしたらラヴィリオまで移動するのは肉体的につらいはずだ。少なくとも僕は動けない。……あのときの僕を見ただろう」

「ああ。相当つらそうだったな。でももし封印してなかったとしたら動けるだろう」

「あいつからずっとジェンティの気配がうっすらとしていたんだ。ジェンティを封印した狩人からも数日は気配を感じる。だからそうなんだろうと思っていた。だけどあいつは屋敷で出会ったときに涼しい顔をしていた。ジェンティの気配はするのに。それが妙で、しっくりと来なかった」

「つまりは封印した奴のものだと思っていた気配が、あいつそのものの気配だったってことかよ」

舌打ちが一つ出て、無性に煙草が吸いたくなった。上着の腰ポケットからよれた箱を出して、吸ってもいいかと尋ねると、オリヴァーは頷いた。

狭い馬車の中で白い煙をくゆらせると、その様をオリヴァーがぼんやりと眺めていた。

間もなくして馬車はレイモンドの自宅近くのメインストリートへと入っていった。大通りは仕事帰りの人々と飲み客で賑わっている。もうじき家だ。微かな安堵を胸に覚えると、傍らのオリヴァーが身を強張らせた。

「レイ。――ジェンティの気配がする」

「あいつか……？」

「多分。いつもと同じ気配がする。……だけど強い怒気を感じる。怖いくらいだ」

「だろうな」

小さく身震いした躰を、レイモンドは抱き締めた。

行き交う人々のどこかに、リード――カンヴァニア・ジェンティがいる。

強く抱き締めて、お前には渡さないと言うように硬い表情で金の髪に頰ずりをしていた。

＊

気が付くと見覚えのある部屋にいた。

窓の向こうが騒がしい。祭りでもあるのだろうかとレイモンドが小首を傾げると、ここがコーディ村だと気が付いた。

大人達は化け物の仕業だとか、十人の子供がとか、恐れを含んだ会話を続けている。人集りの中に立ち尽くしていると、一台目の荷車が子供達を乗せて目の前を横切っていった。

少年時代のレイモンドは荷台のあの子達が眠っていると思っていた。そう信じたかったのに、頭の片隅では恐ろしい想像に戸惑っていた。

やがて訪れた二台目の荷車にも子供達が乗っていた。横たわり動かないままの、青ざめた顔の子供達。けれど一台目と違うのは、そこにはまだ幼いオリヴァーが荷台から足を垂らして座っていた。

一目で「生きてる」とわかる様子に、少年のレイモンドは心からほっとした。

しかしその顔半分には赤黒い血をべっとりと付けていて、なんらかのおぞましい行為があったと伝えてくる。

「どうしてあの子だけが助かったの？」

「なぜだろうね」

独り言のつもりが、背後で誰かが優しく返事をした。男の人だ。レイモンドの頭を何度も撫でると、ふいに手を止めて、耳元で囁いた。

「あの子の瞳が綺麗すぎるから、かな」

頭を撫でていた男の手が少年の首へと下りていった。

穏やかな声とは裏腹に、男の手の平はやけに冷たくて背中が粟立《あわだ》つ。七歳の子供でさえ感じるほどの恐ろしさを全身に覚えながら振り返ると、そこには柔らかで知的な笑みがあった。

「瞳が」

手の冷たさも、大人達が吐き出す不安さえも忘れるくらいに包容力のある笑みだ。ほっと安堵したのも束の間、レイモンドは気が付いた。

「――そう。君と私が見惚れてしまうくらいにね」

少年を見つめる双眸は闇のように黒々としていて、一片の光すら映していなかった。

「は…っ」

遠い昔の記憶をなぞる夢に、レイモンドは飛び起きた。

息を乱しながら押さえた首には、あの冷ややかな手の感触が残っている。

街灯の明かりがカーテンの隙間から差す薄暗い部屋で、呆然と目を見開くと、傍らで「ん…」と微かに声を零して、オリヴァーが重たげな目蓋を開けて、目を擦った。

「……どうした？」

「俺……あの村で、あいつと会ってた……リードと、ガキの頃に話をしてた……お前を見たあと」

あのあとすぐに母親に捕まって家に戻され、それっきり。きっとオリヴァーの瞳の記憶が強すぎて、あとのことを忘れていたのだろう。レイモンドは強烈な動揺を処理できずに、息を乱して視線を彷徨《さまよ》わせた。

「レイ、落ち着け。過去のことだ」

「だけど、ずっと忘れてたんだ。俺はあいつと会ってた。俺がお前に見惚れてたのを、あいつは気付いてた……」

「殺さなかったのは、まだ子供だったからか？」

「わかんねえ。ちょっとした気まぐれだったのかなんなのか……だけどあいつの真っ暗闇のような目は忘れてねえ。あいつは妬《ねた》んでた。ガキの俺を……お前の瞳に惹かれた俺を、妬んでたんだ……」

「レイ」とオリヴァーは再び寝るようにと腕を優しく引いてきた。

言う通りにして横たわると、彼から腰に腕を回してきて二人は抱き合う。腕の中のぬくもりがたまらなく愛しい。強く歯を噛み締めると、さっき見た夢が腹立たしくなった。

「あいつの気まぐれで生かされてただなんて、ふざけんな。俺は絶対に認めねえからな」

たとえ悲惨な事件がきっかけで出会ったのだとしても、化け物の気まぐれに人生を翻弄されてたまるか。静かに憤るレイモンドを慰めるように、オリヴァーが背中を撫でてきた。

「だから捕まえて終わりにするんだ。いつまでもあいつの影に怯えて生きていくなんて絶対に嫌だ」

「ああ……絶対に」

薄暗い部屋で白く輝く金糸の髪に頬ずりをして、ゆっくりと気持ちを落ち着かせていく。僅かな時間だが混乱と怒りを吐き出したら冷静さが戻ってきたようだ。深く長い息を吐き出したあと、オリヴァーの額にキスをして、また頬ずりをしていた。

「今朝、言えなかったことだが。……あいつに会った。このアパートを出てすぐに」

「やっぱり窓から見えたのはあいつだったのか」

漸く平静を取り戻したのに、オリヴァーの一言にカッとなった。

「それはわからない。だけど、僕が出てくるのを待っていたように声をかけてきたんだ」

「それで浮かない顔してたのかよ。なんでもっと早くに言わなかった」

「あいつ、僕からレイの匂いがするって酷く怒ってたんだ。私の元に帰ってきてくれと何度も言われたけど、あのときは意味がわからなかった。だってあいつがカンヴァニア・ジェンティとして僕の前に現れたのは、幼い頃の一度きりで、こんなこと一度もなかったから。それなのにどうして突然また現れた？」

「レアケースってやつか」

「笑ってる場合じゃないからな。レイは緊張感がなさすぎだ。下手をすれば、あいつはまた姿を隠してしまう。実際今だって気配はあるのに、どこにいるか僕にはわからない。……ずっとそうだった」

「それなんだが、考えていることがある」

「何？」と、オリヴァーが顔を上げてきた。

「つまりは………」

果たして作戦と呼べるかどうかも疑わしい策を告げると、オリヴァーが絶句した。

やっと口を開いたと思えば、きゅっと唇を引き結び、また何か言いたそうに開くが結局言葉にはならない。くるくると表情が変わって見ているレイモンドは面白いが、オリヴァーは相当ショックを受けたようだ。しかし最後には大きく息を吐き出した。

「……完全にレアケースだ。考えられない」

「はじめっからそうだろ」

「あいつに殺されるぞ」

「じっとしてても同じことだ」

「だけど無茶苦茶だ」

そう言って、またオリヴァーが胸に顔を埋めてきた。今度はレイモンドが慰めるように優しく背中を撫でて、額にキスをする。

「……お前もさ、あいつの名前を呼ばないな」

エドワードが課長の密かなこだわりを見付けたように、レイモンドもオリヴァーのそれに気付いていないわけではなかった。

「名前を呼んだら、人として認めてしまうことになる。……情が湧いたら、躊躇うかもしれないだろ」

「お前、はじめからリードが怪しいと疑ってたのか？」

「はじめに言っただろ。サポートなんて頼んでない――と。僕は一人で任務を遂行してきた」

「じゃあなんで黙ってた」

「カンヴァニア・ジェンティはずっと姿を見せずに僕に付きまとっていた。それが急に姿を現して近付いて来たんだ。きっと何か意図があると思っていた。多分それはレイ、あんただ。あいつは僕とレイが二十年振りに再会することを危惧したんだろう。今ならわかる」

「わかったのは結構だが、疑ってたならもっと早くに言え。俺はあいつに嫌われてるって気にしてたんだからな」

「気にしてたってことは意識してるってことだ。自衛になる。それに僕が言うことでレイが意識したら、あいつが何をするかわからないし、また姿を消してしまうかもしれないし……」

「お前さ……ったく。なんでも一人で背負いすぎだ」

長い間そうやって心を殺しながら戦ってきたのかもしれない。

煙草の味も知らない、キスもセックスもまともにできないくせに、こんなところばかり逞《たくま》しくなっていくなんて哀しいことだ。今更同情なんてきっと鬱陶しいだけだろうが、せめて今夜ベッドの中でだけは温かなぬくもりで包んでやろう。

レイモンドは静かに思い、そっと目蓋を閉じていた。

＊

酔っ払いと詐欺師と娼婦達で賑わう、ラヴィリオのいつもの夜。

二人は市内のとある教会の扉を開いていた。

カンヴァニア教会と呼ばれていたここは、今や別の名の教会になっている。八十七年前、凄惨な事件が起きた場所にも拘らず同じ土地に建てられた教会は、信仰の対象も変わり、今は何事もなかったような雰囲気だ。

以前なら朝日の差す方角に祭壇が組まれ建国の女神が鎮座していただろうが、今では女神に代わり異国の聖人達が物知り顔で燭台の明かりが揺れるなか方々を見ている。一人は智慧《ちえ》を司り、一人は献身を司り……などと聖人にはそれぞれ役割があるようだが、ミサなどとは子供の頃から縁遠い暮らしをしてきたせいか、誰が誰なのかイマイチわからない。

オリヴァーは一通り中をぐるりと簡単に見回したあと、すぐベンチに腰掛けてしまった。

少し顔が赤いのは、ここへ来る前にパブでブランデーを飲んだからだろう。

ネクタイを緩めて、ついでにシャツのボタンも上から一つ二つと外して、レイモンドは少々もたつく溜め息を吐いた。オリヴァーも赤ら顔だが、レイモンドも少々酔い気味だ。

オリヴァーの隣に腰掛けて上着を脱いだ。前の席の背もたれにそれを掛けて、ふーっと長い息を吐く。傍らには布で包んだ包みが一つ。

「それ、なに？　ずっと持ってるな」

オリヴァーが包みを見ながら尋ねた。

「あとのお楽しみだ。——さーて、やるか」

「も、もう？」

「こういうのは、躊躇してたらいつまでもはじまらねえんだよ。さっさとすんぞ。昨日我慢した分、こっちは気合い十分だ」

「き、昨日の分って？」

レイモンドが両肩を摑んでベンチに押し倒そうとすると、オリヴァーが咄嗟に身構えて胸を押してきた。顔と声を引き攣らせているが、構わずに組み敷く。

「同じベッドで抱き締め合って寝るなんて、今時のガキでもしないようなことをしたんだ。こっちは持て余し気味の性欲を宥めるのが大変だったんだぞ。今は酒の勢いもあるからな、やる気十分だ」

「ま、まさか最後まで……っ」

「さあ。あいつが来なかったら、そうなるかも」

「扉に鍵は!?」

「鍵を掛けたら入って来られないだろ。近くにいるなら、向こうから来てもらえばいいって、そういう作戦なんだからな」

「わ、わかってる。……ホント碌な作戦じゃないな」

昨夜腕の中で説明しておいたおかげで、オリヴァーも抵抗することなく、寧ろ諦めた様子で盛大な溜め息を吐いてみせた。

漸く腹を括ったようだ。だが、このまま好きにさせてくれるかと思いきや、「邪魔」とつれなく胸を押されて、渋々と躰を起こした。

「これじゃベンチに隠れて見えないだろ。やるなら本気だ。中途半端なことはしない」

そう言って、肩に腕を回してきたオリヴァーの表情は確かに真剣なものだった。できれば真面目な顔よりも、下腹が疼くような熱い視線が欲しいところだが、これでも努力しているほうだろう。

「お前のそういうところ、頼もしくて惚れるよ」

レイモンドも応えるように腰に手を回して、強く引き寄せる。互いに酔っているせいでシャツ越しでも躰が熱い。間近で見つめ合うと、火照った額が重なって鼻先が触れ合った。

「僕はレイのそういうところ、気恥ずかしくなるから苦手だ」

「ふん。慣れろとは言わねえよ。――だが、少しくらいは調子に乗ってほしいね」

キスをしようと近付いたら、顎を引かれて逃げられた。まだ焦らす気なのか。右の手で顎を取り、熱に熟《う》れた下唇をなぞると指先を噛まれてしまった。

「僕が調子に乗ったところで、レイを喜ばせるだけだろ」

「そっか。そうだな。どっちにしても俺が喜ぶ」

オリヴァーが毛先を引っ張り遊んでいる。少し癖のある髪を指の先にくるくると絡めたり、梳いたりして、そのうち悪戯な指が耳殻《じかく》をなぞり、眉毛を撫でてきた。

じっと見つめてくる瞳の緑色に、レイモンドの顔が映っている。うっすら酒気を纏った光沢に惚れ惚れして、心底惹きつけられる。この瞳が好きだ。オリヴァーが好きでたまらない。

気持ちばかりが盛り上がって、流石に我慢の限界だ。いい加減にキスをさせてほしくて赤らんだ唇を追いかけると、触れ合う直前に彼が小さく笑った。

「こんな作戦を考えつく時点で、愉しんでいるとしか思えないよ」

「殺されるかもと怯えているよりは、ずっとマシさ」

待望のキスがはじまると、オリヴァー自ら舌を絡めてきた。ぐっと身を乗り出してきて、肩に回された腕に力が籠もると、一層躰が密着して熱が強くなった。

高まる体温に煽られて、レイモンドも口内を激しく貪り、滑らかに絡みつく舌に吸い付く。息も吐かせないくらいに激しく求めながら、シャツの裾から手を入れて臍穴の周りをなぞると、すぐにも腰がビクついた。

「んっん……っ、んっ」

慣れない刺激に戸惑っているのか、オリヴァーが咄嗟に顎を引きかけたが、レイモンドはそれを許さなかった。顎を捕まえながら唇全体を食み、とろとろになるまでしゃぶりまくる。

次第にオリヴァーの吐息が乱れ、躰が尚も敏感になって脇腹を少し撫でただけでせつなげに呻いている。

目尻からこめかみを鼻先でなぞりながら、レイモンドは密やかに問う。

「なあ、オリヴァー。上か、下か、俺に触れられたいのはどっちだ」

「そ…そんなの……ンっ、んぁ……っ」

右の胸を撫でて、小さな突起を軽く掻いた途端に、上擦った声が静かな教会に響いた。オリヴァーもそれに気付いて、赤面しながら肩に顔を埋めてくる。

「どっちだ。どっちがいい？」

耳元で囁いて、乳首を悪戯した指を下へと滑らせていく。下腹をなぞると、小刻みに震えだした。

ズボンの上から前立てをなぞると、そこはうっすらと膨らみを大きくしていた。

舌先で耳穴を穿《うが》り舐めて、「なあ」と気怠い声で答えをせがむ。ここが神聖な場所だと知りながらも、淫らな欲情が増長していくのを止められない。

「言えよ、オリヴァー。気持ち良くされたいのはどっちだ」

僅かに芯を持ったそれを布越しに掻くと、オリヴァーが息を切って四肢を強張らせた。

「んん……ぁうっ、ん……っ」

肩に顔を埋めながら嫌々して、可愛いったらない。このままもう少し焦らしてやるか、それとももっと気持ち良くさせてみるか。頭の中は浅ましい好奇心でいっぱいだ。

「レイッ」

舌舐めずりをしてズボンの中に手を入れようとしたそのとき、オリヴァーが跳ねるように躰を離した。強張った彼の表情にレイモンドが背後を見た直後、いきなり胸倉を摑まれてベンチから腰が浮く。

そこには、いつもと変わらず綽然《しゃくぜん》としたリードがいた。

「がっ……リード、て、めえ……っ、これからってときにい……！」

「見るにたえないからね。君が行動に出るなら、私も相応のことをするまでだ」

大の男を片手で軽々と持ち上げながら、リード・セシルは顔色一つ変えていなかった。仕立てのいいスーツにも皺一つ見当たらない。いつ現れたのか、相変わらずなんの気配もなかった。

「馬鹿っ、いくらなんでも本気出し過ぎだっ」

一方、乱れたシャツを真っ赤な顔して直しながら、オリヴァーが怒っている。

「だ、だって教会だぞ？　こんなチャンスは、滅多にねえだろうが……っ」

神聖な教会で仕事という名目でイチャつけるのだから、こんな機会を逃すわけにはいかないのに、いきなり胸倉を摑まれて、呼吸もまともにできないままギリギリと奥歯を噛みしめた。レイモンドが息苦しさに顔を歪めているのに、リードはつまらないものでも見るような冷たい目をしている。

「ああ、やはりあのときに殺しておけばよかった。幼い瞳の輝きに惹かれて放っておいたが、まさか再会するなんてね。運命なのか、奇跡なのか、人とは計り知れないものだ」

「それは、それは……く、ぅ……お助けいただき、感謝だよ」

呻くように言って、胸倉を摑むその手を力一杯握り締めた。

「――！　ぐ、あ…ッ」

途端にリードがレイモンドを突き飛ばすように離して、摑まれた手を押さえた。知的で品のある男の顔が怒気に強張り、一切の光を拒絶した闇色の両眼が鋭利に細められた。

「ってえなあ……容赦なく投げやがって」

前のベンチを越えて、床に躰を強かに打ちつけたレイモンドは、右の肩を摩《さす》りながらどうにか立ち上がる。口元には笑みを浮かべて、手の中のそれを男に見せてやった。

「これが何かわかるか？　旧コインだ。あの日、地下墓地の近くの教会からもらっておいたんだ。あんたにとっちゃ懐かしいだろ。女神の刻印なんて、今時お祈り以外には使わねえからな」

リードはレイモンドを睨みながら前髪を掻き上げて、上着の乱れを直した。こんなときでさえ身なりを気にしているなんて、余裕があるのか完璧主義なのか。感心するほど品性のある男だが、しかしレイモンドに対して露骨にむき出した感情は、自らの質を下げているようなものだ。

「目と鼻の先にある教会を見過ごしたと言ったときのあんた、ごく自然に俺の追及を躱したつもりだろうが、いつもより口調が大袈裟だったぜ。そんな嘘の言い訳なんてのはガキでもできるんだ。元刑事の俺が、そう簡単に信じるわけないだろ」

「……そういうあなたは饒舌だ」

レイモンドときたら、吹っ飛ばされて乱れに乱れた頭と、上等なんて言葉とは無縁のよれたシャツはボタンが弾け飛んで胸が露わになっていた。リードからすれば見るにたえない姿だろうが、一手を打てた側としては笑みも出る。

「教会が嫌いだってのに、今夜は御苦労様だ。入りたくもない教会へ、丸腰でようこそ。俺とオリヴァーがやらしいことをするのが、よっぽど嫌だったのか」

「私をあぶり出したと喜んで調子に乗っているのは、同じ男として少々見苦しいな、レイモンド君」

「俺は下町育ちだからな。褒められたらすぐ気をよくする。あんたと違って俺は単純なんだ」

「では単純なレイモンド君。私を教会へ招いたそのあとは、どうする？」

両手を広げて、リードが首を傾げた。

先ほどまでの怒気はいつの間にか消え、今は余裕すら感じられる。

「確かにさっきのは驚いたよ。でも大したことではないし、傷も癒えた。ここは清浄な場所だが、それがどうだというんだ。穢すことならいくらでもできるんだよ？」

――喩えば、君の血で。

リードの姿が消えたと気付いた直後、視界が大きく傾いで冷たい痛みが背中を打った。

「が…ッ」

後頭部を強かに打ちつけて一瞬意識がブレる。喉の奥から呻きを洩らすレイモンドを、リードが自信に満ちた笑みで見下ろしながら、乱れた髪を静かに撫でていた。

「私が君の頭を踏み潰したら、多少は居心地のいい場所になるだろうね。しかしそれをしないのは私の美意識に反するからだ。いわば慈悲だよ。ここは慈悲を乞う場所だからね」

固い靴底が頭ではなく左胸を踏んでいた。どちらにしても気分一つで命は容易く奪えると言いたい

ようだ。

「それで……俺が助けを乞うとでも思ってんのか？」

「乞うたところで命は貰う。貰ったところで私の糧にはならないのだけどね」

「う……ぐぅ……」

笑顔とは裏腹に胸を圧す力が急速に強くなり、骨が軋む音を立てる。息苦しさにレイモンドはまた喘ぎ、血が沸騰していく。たまらずに床に爪を立てたが、大理石の上を虚しく滑るだけだ。

「私のオリヴァーを誑《たぶら》かした罪とでも言おうか。ときに人は罪を命で贖《あがな》うことがあるだろう。まさしく今がそのときだ」

呼吸すらまともにできずに、はくはくと喘ぐ。視界が黒と赤に明滅して、意識が急速に霞んでいくのがわかる。このまま気を失ったら死ぬぞ——と、頭の片隅で警告音が激しく鳴っているのに、躰は強張ったきりだ。

霞む意識のなか、男に顎を取られた。悔し紛れに睨み付けたが、相手の優位を得た笑みは消えない。それどころか、尚も嬉しげに白い歯を覗かせた。

「お前の目は好みではないが、腹の足しにはなるか。命が潰《つい》える直前の、恐怖に凍える目を喰らってあげよう。さほど美味くはないだろうがね」

「——そうはさせないっ」

リードの背後で、オリヴァーがナイフを振り下ろすのが見えた。

素早く踵を返したリードがオリヴァーの腕を摑み、軽やかに胸の中へ引き込む。

「…っ」

「ああ、オリヴァー」

ぐっと腰を摑み寄せながら、鼻先が触れ合うほどの近距離で見つめ合う。

オリヴァーは絶句して眼を見開いていた。さながらダンスを踊るような隙のない動きを見せたリードはあまりにも優美で、二人の足下で苦悶するレイモンドも見入ってしまい苦痛を忘れるほどだ。

「そう、お前は私だけを見ていればいい。けっしてよそ見をしてはいけない。間違っても、こんな品性のない男に絆されてはいけない」

摑む男の手を離そうとして、オリヴァーの腕が強張り震えていたが、びくりともしなかった。

「きっとお前の瞳は誰をも惹きつけるのだろうね。そのたびに私の胸は嫉妬に掻き毟られて、冷静ではいられなくなる。わかっているだろう、誰よりも私がお前を間近で見つめてきた。この瞳が熟すまでと決めたのに、お前の瞳は日に日に輝きを増して美しくなって、私を惹きつける。ああ、私がどれほどお前を愛しているかわかるかい、オリヴァー。お前が見つめるすべてに嫉妬するほどにだ。お前の瞳は私だけを映していればいい」

「だから仲間を殺して、僕の前に現れたのか。ずっと姿を消して、こそこそとしていたくせに」

「仕方がないだろう。この姿でずっと傍にいたら、いずれは疑われてしまう。私にとって、お前との別れが一番の絶望だ」

「ぐ、……ぁあっ……！」

再び胸を圧されて、レイモンドの絶叫が響いた。

「レイッ」

「二番目は足下の彼と心を通わせることかな。哀しいよ、オリヴァー」

「黙れ……っ」

オリヴァーが細い躰を捩り、レイモンドの上から男の足を蹴り落とそうとした。

しかし実際に蹴ったのがレイモンドの横腹だったのは最悪だった。オリヴァーの踵が脇腹に食い込んで「ぃってぇ！」と新たな悲鳴が上がる。その激痛にレイモンドが身を捩ったせいで、リードが蹌踉めいた。その隙を狙い、オリヴァーが小柄ながらも力強く突き倒した。

どっ、と鈍い音がしてリードが地面に倒された。

間髪容れずオリヴァーが馬乗りになる。再びナイフが心臓を狙う直前に、また腕を摑まれた。

「細い躰で君はいつも無茶をする。傷を受けるたび、私はいつも気が気じゃなかった」

「気が気じゃないだって？　お前が仲間を増やしているんだろう。アイアトン・ジェンティにも、その前のにもっ、僕が封印してきたジェンティすべてに、お前の気配があった……！」

「仲間と呼べるほど親しいわけではないよ。そうさせる魅力もない」

「そうだとしても、お前が彼らを化け物に変えたんだ、カンヴァニア・ジェンティ……ッ」

胸を刺そうとするオリヴァーと、守るリード。オリヴァーは歯を食いしばり、時折呻きながらも腕を震わせているが、眼下の男は余裕を失ってはいない。それどころか、このオリヴァーとの戯《たわむ》れを愉しんでいる。

「化け物とは実に悲しい呼ばれ方だ。私に意思を与えたのは、お前達人間だというのに」

「……なに？」

オリヴァーが声を零し、レイモンドが眉を顰めた。

「私は長らくこの世界に漂っていた。意思もなく感情もなく、ただそこに有り続けるだけの無意味なものだった。その私を刺激したのは人間だよ。――ファンタスマゴリア。あの、稚拙で滑稽な降霊会や儀式が私を刺激して目覚めさせたんだ。感情を教え、意思を持たせた。そうなれば肉体が欲しくなるのは必然だろう？　そしてチャンスは八十七年前のここでやってきた」

ここで、存在し続けるだけの無意味なものとリード教会師の躰をここで。カンヴァニア教会で」

「ああ、その通りだよ、オリヴァー。リード教会師は我が子の目を治したいがために、異国の魔術を学び儀式を行った。けれど彼の望む異国の魔物は声に応えることはなく、哀れと思った私が代わりに耳元で囁いた」

――ワタシニオクレ

――ワタシニクレタラ、オマエニアゲヨウ

「何を渡すのかとも言わず、何を与えられるのかとも訊かず、応じた声があったというだけで彼がどれほど喜んだか」

「……そうやって、騙《だま》したのかッ。期待を持たせて躰を乗っ取ったんだな」

「彼が、リード教会師が承諾したんだ。肉体を欲する私と意思が合致《がっち》しただけのこと。そしてそうだった。ジェンティになるというのは、彼らが望んだことだよ。皆が皆、貪欲で名声を欲していた。そして私は彼らを変える術を持っていたし、孤独は寂しいものだ。同族が増えるというのは、私自身の刺激にもなるし愉しみにもなるからね」

クソッと、悪態を吐いてレイモンドは蹌踉めきながら立ち上がった。

「なにが術だ。てめえの欲求を満たすために、上手いこと言って騙してきたんだろうが……。そんなに寂しいなら枕でも抱いて、永遠に寝ていりゃよかったんだ。てめえの癒やしだのお愉しみのために、何人の人間が化け物になった。どれほどの人間が餌食になった……クッ……ァアッ」

言い返した途端に鈍痛が胸に広がり、息が詰まる。肋骨は折れていないはずだが酷い痛みだ。気が付くと脂汗が額を濡らして、こめかみを伝っていく。

気持ちの悪いそれをシャツの袖で拭い、レイモンドは祭壇で火を灯している燭台を摑んだ。

「邪魔をしないでくれるかい、レイモンド」

リードはオリヴァーから素早くナイフを奪い、レイモンドへと投げた。反射的に躰が動いたが、刃先が頰を掠めてすぐに頰を熱くする。摑んだばかりの燭台が床に落ちる音が、静かな教会にけたたましく響いた。

「私は今、オリヴァーと愉しんでいるんだ」

首に伸ばされかけたオリヴァーの両手を難なく摑み、リードが困ったように微苦笑してみせた。

「長いこと君を見てきたからわかるよ。ナイフで胸を裂き、魂核を出さないと封じられないんだよね。殴ったところで顔はへこまないし、今まで君が封じてきた者達よりは頑丈にできているよ。確かに私は丸腰で来たけれど、それがどうだと言うんだい？」

悔しいが、リードの能力は確かにレイモンド達を超えている。

オリヴァーはともかく、レイモンドは一介の警官でしかない。こんなときくらい拳銃を携帯すべきだったが、対決の場所を教会に決めた時点でこちらに分があると、どこか楽観視していた。

クソッと二度目の悪態が出た。旧コイン程度じゃ、火傷《やけど》一つ付けられない。レイモンドは焦っていた。しかしオリヴァーは冷静だった。

「別にどうもしないさ。僕がお前を封じるだけだ」

摑まれた腕を摑み返して、オリヴァーがリードの上で四肢を強張らせた。

握り締めた腕から紋様が浮かび上がり、肌の上で蜷局を巻きはじめた。まさか、地下墓地で見たあれをする気なのか。

「駄目だ、オリヴァー！　やめろ！」

レイモンドは叫ぶ。しかし腕で蠢きはじめた紋様はたちまち全身へと拡散していき、オリヴァーが苦悶の声を上げた。

「オリヴァー！」

このままではオリヴァーがまた自らの躰を犠牲にして苦しむことになる。だが、どうすればいい。ここは教会なのに。ジェンティが嫌う清浄な場所のはずだ。何か手立てはないのか。

「く、ぅう……っ」

オリヴァーが歯を食いしばったそのとき、紋様が全身を飲み込み、肌の上を滑るように一気に流れて、リードの腕から四肢を覆い尽くしていった。それでも足りずに網を広げるように地面にまで広がっていく。

「こ、れは……!?」

さすがのリードも驚いたらしく、激しく視線を動かしていた。

「捕まえたからには、もう逃がさない。この清浄な場所でお前の力が尽きるのが先か、それとも僕が先か、最後まで付き合ってもらう」

「しかし君は既に苦しそうだ。君の術には常に痛みが伴うだろう」

「痛みには慣れてる。僕はお前を封じるために生きてきたんだ。寧ろこの痛みは喜びだよ」

リードの頭上でオリヴァーが呼吸を乱しながら、時折呻く。その横顔には執念を感じさせる強烈な覚悟が見えて、レイモンドは制止の声を詰まらせた。

「オリヴァー、忘れたのかい。私は姿を消せるんだよ。お前は姿なき私の気配に、ずっと怯えていたはずだ」

「ああ、いきなり姿を見せたと思ったのに、この二日間、お前が急に姿を現さなくなった理由をずっと考えていたけれど、答えは出なかった。だけど姿を現さないのではなく、現せないのではと考えたときに気付いたんだ。お前は幼い僕を逃がしたときからずっと、一度に九人の目しか喰わなかった。つまりは不完全なんだ。僕と出会ってからずっと、お前は不完全な状態にある」

「――それが？　私が不完全ならばなんだと言うんだい」

「さあ。お前の姿が消えたらわかるんじゃないか。この清浄な場所で弱った躰が消えたとき、一体どうなるのか、狩人としてよく見ておくよ」

その声が苦痛で掠れているのに、レイモンドは何もできないのか。

静かな教会に場違いなほど愉しげな、リードの笑い声が響き渡った。

「ああ、オリヴァー。私のオリヴァー。お前はやはり他の者達とは違うね。こんなにも熱烈に私を想い、私を離そうとしないだなんて、愛おしくてたまらない。ああ、愛しているよ、オリヴァー。心から愛おしいと思ってる」

「愛しいか……。気まぐれで逃がした結果、お前は僕の手で追い詰められるんだ。僕を生かしたばかりに」

「ああ、そうだ。私はお前を気まぐれで逃がしたけれど、ただ生かしたわけじゃない。幾度となく喰おうとしたのに手が出せなかったのは、リード教会師の息子と同じ色をした金の髪と緑の瞳のせいだろうね。命を喰らって八十年以上経つのに、まだリード・セシルが残っているなんて。ではこの愛おしいと思う感情も、私ではなく、彼のものか」

追い詰められた状況で、今更気付いたのかリードが感心した様子で吐息を零した。

「支配し切れていないなんて、人間とはしぶとく執念深いね。――だが、この愛おしいと思う感情の心地よさには抗えない。ああ、オリヴァー。私の負けだ。さあ、私を封印するがいい」

「なに……？」

オリヴァーとレイモンド、二人は同時に眉を顰めた。

「愛しいお前に間抜けな死など見せるわけにはいかない。さあ、私の中から魂核を出して封印するといい。お前と一つになれるなんて至上の喜びだ」

一瞬身を引きかけたオリヴァーを、リードが引き寄せた。

二人を繋げる紋様が男を離すまいとして、収縮する。赤と黒に明滅しながら二人を結ぶそれは、毒々しい運命の糸だ。

「彼らを始末する様を見ながら、ずっと嫉妬を覚えていた。お前は私と同じだよ。私が人を喰らうように、お前は我らを喰らうんだ。――さあ、私と一つになろう。私はお前の血肉となって、何よりも深く愛そう」

冗談じゃねえ。レイモンドは強く思った。

こっちだってガキの頃に一目惚れしてから、長いこと想い続けていたのだ。まさかの再会を果たすなんて奇跡のようなのに、デカすぎる瘤がとことん邪魔をする。しかも最後の最後は一つになろうときた。

「ぜってえに、させねえ」

腹の底から怒声を搾り出して、レイモンドはナイフを拾った。忌々《いまいま》しいその胸に刃を突き立てようとしたが、紋様が邪魔をする。

「オリヴァー、外せ！」

「嫌だ！」

「こんなヤバイ能力は使うなっ。外せ、オリヴァー！」

「僕が封じるんだ！　そのためにこの能力を身に付けたッ」

「――っ」

鬼気迫る叫び声にレイモンドは言葉を失った。

「ずっとこいつの気配に怯えていた……。大切な人達が次々と殺されて、いつか自分も殺される気がして……ずっとずっと怖かった……」

嗚咽が洩れると、綺麗な瞳から涙の雫がぱたぱたと落ちて、リードの胸を濡らしていった。

「こいつだけは絶対に僕が封印すると決めていたけど、いざとなると怖かった。だけどやっと決心が付いたんだ。レイに逢って、レイのおかげでやっと覚悟が決められた。だから邪魔しないでくれっ」

「アホか！　そんなこと言われたら、余計邪魔するに決まってんだろうが！」

オリヴァーが決心を付けられないことは、薄々わかっていた。

カンヴァニア教会事件のことを少し調べれば、リード・セシルなんて名はすぐに出てくるだろう。カンヴァニア・ジェンティを追いかけていると言いながらも、今までそれをしなかったということは、少なからず躊躇いがあったはずだ。

「見ろよ、こいつの顔！　これから最高の御褒美をもらえると喜んでる顔だ。それでもお前は封印するってのかっ」

「ああ、するさ！　決めたんだ。こいつを封印しなければ、これからもジェンティが生み出されて、犠牲者が増えていく。僕と一緒になりたいのなら願いを叶《かな》えてやる。それで大勢の人が救えるなら、容易いことだ！　喜んでしてやるよっ」

「俺が嫌だと言ってんだ！」

レイモンドは叫んだ。

隠しようもなく、猛烈な嫉妬だった。

「お前とキスするたびに、このいけ好かない顔がチラつくなんて。セックスするたび、こいつを思い出すなんて絶望でしかない！　ふざけんな！」

おいおいおい、と二人の間でリードが呆れているが、二人は続ける。

「ふざけてるのは、そっちだろう！　こんなときに、自分のことしか考えられないのかっ」

「お前と俺のことだ！　やっと見付けたお前を、これ以上不幸になんてさせてたまるかっ」

ナイフを乱暴に投げ捨てて、レイモンドは立ち上がった。

「――っ、レイ！」

「一介の警官が何もできねえと思うなよ！」

祭壇には蝋燭を灯した燭台がまだあった。その一つを手にして、他はすべて薙《な》ぎ倒す。たちまちテーブルクロスに火が移って、煙が天井へと上っていく。

そして手にした燭台は天鵞絨のカーテンに投げつけた。燭台を巻き込むようにカーテンが焼け落ちたあとから、布伝いに灰色の煙が上っていき、直ぐさま辺りは火に包まれた。

「な、何してるんだ、レイ！」

「ジェンティが清浄なものを嫌うなら、教会そのものを武器にすりゃいい。だからオリヴァー、こいつの願いを叶えるな。だけど、そいつは絶対に離すなよ」

「レイモンド……お前っ」

「急に乱暴な口調になったってことは、それなりに焦ってるみたいだな。だったらもう一つとっておきを出してやるよ」

ベンチに置いた包みを開き、錆び付いた刃先を鼻先で披露すると、リードの端正な顔立ちが怒りに歪んでいった。その顔を見下ろしながら、レイモンドはニッと笑う。

「お前はここに斧槍はないと言ったが、残念だな。柄が長くて邪魔だから穂先だけ持ってきた。これでも十分、お前を刺せるよな」

「レイッ、これ……！　いつの間に」

「ジェンティに効くとわかっていて、持ってこないほうがどうかしてんだろ」

「この……ッ」

途端に焦りを浮かべたリードがもがきだして、オリヴァーが痛みに歯を食いしばりながら押さえつけるが、余程強い力なのか紋様の網が二人の間で波打つ。レイモンドが心臓を狙って穂先を振り下ろしたが、網に阻まれ、少し上に逸れてしまった。

リードが激痛に吼《ほ》えて、網が大きく波打ち、オリヴァーが呻いた。レイモンドが斧槍を押し込む。

「クソッ。逃がすなよ、オリヴァーッ」

「ぃ、言われなくても……、……ぅう」

煙が視界を白く霞ませ、炎の熱が皮膚や喉を焼いていく。一息吸うごとに喉がいがらみ、全身から汗が噴き出してきた。下手をすれば――いや、間違いなく死ぬ流れだな。と、レイモンドはカラカラになった喉で唾を飲み込んで思った。

すぐそこには浅い呼吸を繰り返すオリヴァーがいる。

じっと見つめると、翠の瞳がふっと見返してきた。

涙なのか汗なのか、湿った金色の睫毛や、桃色に染まった目元が綺麗だ。死ぬかもしれないのに、この瞳を見たら、ちっとも恐怖を感じない。

「オリヴァー。ガキの頃から、ずっとお前が好きだった。惚れた相手を一人で逝《い》かせるもんか。死ぬときは俺も一緒だ。誓ってもこいつじゃねえ」

「レイ……っ」

大きな瞳が見開かれて、すぐにレイモンドを見返した。

こんなときにそんな目で見つめられたら、命が惜しくなるではないか。こみあげてくる感情を奥歯を嚙み締めて堪え、レイモンドは眼下の化け物を睨んだ。

「残念だな、オリヴァーは俺のもんだ。お前にはやらねえよ。——さあ勝負だ、カンヴァニア・ジェンティ。お前が先に死ぬか、それとも俺達か。盛大な火遊びといこうぜ」

挑発的に笑ったレイモンドに、リードは漆黒の目を見開いた。

「貴様ぁ……!!」

はじめて上げた男の怒声が、煙と炎に飲まれていく夜の教会に響き渡った。

終章

目を覚ましてすぐに、天井の小さな染みに目がいって、これは死んでないな——と、レイモンドはすぐに察していた。

どうやら目覚めたのは夕方らしく、カーテンが夕日に赤く染まっている。

少し前まで、ごうごうと黒煙を上げる、目を焼くほどの赤色を見ていたが、それが本当に少し前のことなのかは自信がない。しかし自分が死んでいないという事実を裏付けるように、暫くしてエドワードが病室を訪れた。

「意識が戻ったと病院から連絡があったので。思ったより早くて安心しました。調子はどうです？」

「まだ頭がぼんやりしてるが、どうにかかな。それより、オリヴァーは？　リードはどうなった」

「オリヴァーはおそらく別の病院に。立場上、王立幻象調査部と提携している医療機関でしょうね。所在だけでも確認したくて課長が問い合わせていますけど、まだ返答はないようです。有能な狩人を一人危険な目に遭わせたんですから、組織は不満でしょうね。とにかく無事でいればいいんですけど」

「そうか……」

「リード・セシルに関しては所在を含め調査中です。実は遺体も見つかっていません」

「そんな……確かに俺達はリードと……いや、カンヴァニア・ジェンティと対決したんだぞ!?　確かにあの火のせいで、途中までしか記憶はねえけど……でもっ」

狼狽えるレイモンドを「落ち着いて」とエドワードが宥めた。

「あなたとオリヴァーを疑ってはいませんから、そう興奮しないで。火事に気付いた教会師や近隣住人からの証言でも、三人発見したとあります。けれどいつの間にか一人消えていた。おそらく——いえ、確実にリード・セシルでしょう」

「待て。発見ってどういうことだ？」

「教会の前で倒れていたのを救出されたんですよ。大した火傷もなかったのは、そのおかげです。外に出た記憶は？」

「いや。まったく……」

報告を聞いても自分のこととは、俄に信じられなかった。あの教会でレイモンドもオリヴァーも死を確信していた。助かったのは幸運としか言い様がないが、しかしそれが教会の前でとは予想していなかった。

「あなた達二人だけならまだしも、そこにリードがいたとするなら不自然な話だと思いますよ。もしくは聖人の御加護か。ああ、聖人で思い出したんですが、火を点けたのは誰なんです？」

「ん？」と、レイモンドの顔が強張った。

「あの教会、相当被害を受けたようですねえ……。責任は誰にあるのか、アイアトン祝祭会で押収した斧槍が紛失したことも含めて課長は大忙しで、珍しく珈琲も飲まず奔走しています」

「お、おお……そ、そっか……課長……大変だな……」

眼鏡越しの視線が痛い。斧槍を盗んだことも早々とバレているようだ。平静を装うつもりが、つい辿々しい返しになって、冷や汗がだらだらと出てきた。

「この二つの件に関しては、気にするなと課長に言われているので、これ以上、私から言うことはありませんが、あのオリヴァーのことですから、命を懸けての結果でしょう。窃盗と放火と、仮に二人のどちらかがやったのだとしても、私も課長も責められない。王立幻象調査部も、0課としてもです」

「――あと一つ」使い込まれた革鞄から書類を一枚出して、手渡した。

「課長も手を尽くしていますけど、教会があぁなった以上、謹慎は避けられません。これが命令書です。まあ、火事に巻き込まれたんですし、休息を取ると思って。でも報告書は忘れずにお願いします」

「……わかったよ」

どれほどの時間業火《ごうか》の中にいたのか、煙を吸ったのかはわからないが、酷い怠さを思えば謹慎はむしろ有り難いくらいだ。時間ができたぶん、奔走する課長のためにわかりやすい報告書作りに励むとしよう。

帰り支度をはじめたエドワードには、オリヴァーのことがわかったらすぐに教えてくれと頼んだ。彼も心得ているらしく「言われなくとも」と、いつものようにつれない返事をしてきたが、かえってそれが心強かった。

しかしレイモンドの入院中、オリヴァーの情報がもたらされることは結局なかった。

謹慎が明けて、久方振りの市警はいつも通りに賑わい忙しなかった。レイモンドが謹慎していたことも知らない様子の連中と挨拶を交わして、警察署の奥の奥の、一際ひっそりとした課のドアを開くと、ふわりと珈琲の香りが鼻腔をくすぐって、復職した実感が一気にやってきた。

「レイモンド・オルティス、復帰いたしましたあ」

わざとらしい敬礼をしてデスクの課長に報告すると、「はいはい」と暢気な返事がくる。

「君がいない間、大変だったよ。僕もエドワード君も外回りは苦手だからねえ。これで漸くゆっくりできる」

「どうぞ、課長もエドも心ゆくまで椅子を温めてください。捜査は俺が今まで以上にがんばります」

「今まで通りでいいよ。がんばりすぎて、教会とか燃えちゃったら嫌だし……あれ、事後処理が大変だったんだからね。誰が火を点けたんだか、勝手に点いちゃったんだか知らないけど」

穏やかだが、その視線が痛い。完全に放火犯を特定している目だ。痛すぎる。

「ははは……まあ、ほどほどにがんばりますんで」

「それからまたコンビを組んでもらうことになるけど……相棒はまだ来てないねえ」

やれやれとエドワードが小さくかぶりを振っている。早速また面倒臭そうな予感を抱くと、ドアの向こうから騒々しい足音が近付いてきた。

「遅刻ですね」

「ああ、来たようだね」

暢気な課長の一言のあと、バン！　と盛大な音を立ててドアが開かれた。

「ごめんっ、道に迷った！」

金色の髪を乱し、息を切らして入ってきたのは、翠の瞳が印象的な彼だった。

「――っ、オリヴァー！　お前っ……てか、課長！　なんでオリヴァーが!?」

やって来たばかりのオリヴァーと、デスクで安穏《あんのん》とした顔の上司を交互に見ながら、レイモンドは声を上擦らせる。

入院中もオリヴァーの所在は不明なままだったし、謹慎中に幾度かエドワードにコンタクトを取っても返答は同じだった。それが急にいつも通りの顔で現れるなんて、驚くに決まっている。

一人混乱しているレイモンドを、エドワードも課長も肩を震わせ笑った。

「謹慎中、残業続きでへとへとだった僕らのささやかな報復かな。どっきりも成功したことだし、君達にはまた捜査に励んでもらいましょう」

「でもオリヴァーは王立なんとかの」

「王立幻象調査部」

すかさずエドワードのフォローが入った。これも久し振りだ。

「そう、それそれ。長ったらしい名前の組織に戻ったんじゃ……？」

「カンヴァニア・ジェンティを退治できたのかどうかもわからないんじゃ戻れないよ。それに戻ったところで僕一人で捜査していかなくちゃならない。だったら0課と組んだほうが有益だ。一課も使いようによっては便利だし」

一課のことは余計だ。とはいえ部長も頷いている。

「そういうこと。うちも実績と経験を積めるし、お互いいいことづくしでしょう」

「確かに……！」

オリヴァーにとっても、0課にとっても、何よりレイモンドにとってもいいことだらけだ。

「そういうわけなら、カンヴァニア・ジェンティ再捜索のため早速外を回ってきます！　行くぞ、オリヴァー！」

「え？　もう!?」

「遅いくらいだ！　まずはあの教会に行くぞ！」

「瓦礫《がれき》の山だよっ」

「そうだとしても行くんだっ。じゃ、課長、行ってきます！」

「気を付けてえ」と手を振る上司と、冷ややかに横目を流してくる同僚に見送られて、レイモンドはオリヴァーの手を強引に引っ張って課を出た。

ドアが閉まるや否や、細い躰を強く抱き締めて、白い首筋に顔を埋める。

「ちょっ……レイッ」

「少しだけだ！」

オリヴァーがいつものように驚いて背筋を強張らせたが、すぐにも力を抜いてレイモンドの肩に腕を滑らせた。

「ずっと心配してたんだぞ……クソッ。無事なら連絡の一つくらいよこせよな」

「僕も心配だったけど……二人に連絡するなって脅《おど》されてたんだ」

「お前、脅しに屈するようなタイプか？　どうせ一緒に愉しんでたんだろ」

「そんなことは……いや、ちょっとだけ」

見れば口元に悪戯な笑みが浮かんでいる。

どいつもこいつもレイモンドをからかって愉しんでいたようだ。流石に苛立ったが、それよりもオリヴァーだ。彼が目の前にいる。溜め息が出るほど魅力的な瞳で、レイモンドを見つめている。その事実が、他のことなどどうでもよくさせた。

「無事でよかった。怪我は？　火傷はしなかったか？」

「平気だ。レイこそ、髪が焦げてなくてよかった」

「男前のまんまだろ」

「ああ」

躊躇うことなく頷かれて、急にこそばゆくなってしまった。

一体どんな心境の変化なのか、オリヴァーがいつになく素直だ。

少し捻くれているのも可愛いが、素直なのも悪くない。というよりも、オリヴァーなら大抵のことが許せてしまうくらいには心酔している。つまりは、可愛いが倍増したということだ。

「なに？　じっと見つめて」

「――いや。久し振りに間近で見ると、かなりクるんだよ」

「レイ、僕に惚れまくってるからな」

「ああ、否定のしようもないな。――そこで一つ訊くが、暫く逢えなかったからって、ただのコンビに戻ったたってことは、ないよな？」

「久し振りに逢って訊くことか？」

尋ねると、肩に回っていた手が頬へと滑り、顎を撫でていく。前にも増して艶やかな魅力を帯びたオリヴァーの瞳が少し呆れているが、同時に挑発気味な視線を向けてくる。レイモンドがじっと見つめ返すと、急に視線が逃げてしまった。

「なんだ、どうした？」

色事に慣れていないことは知っているが、急に初々しい反応をされて、ついからかいたくなってしまっまう。

レイモンドが訊くと、オリヴァーは気恥ずかしそうに再び瞳を向けてきた。

「レイ……僕も、好きだ」

「――」

頬をうっすらと赤らめながらの真摯《しんし》な告白に不意を突かれて、レイモンドは目を見開いた。緑の瞳に言葉を詰まらせたレイモンドの驚き顔が映っている。

「あのとき……教会でレイに告白されたとき、胸がいっぱいで何も返せなかった」

「オリヴァー……お前」

カッとなって吐き出した告白をずっと覚えていてくれたのか。真面目すぎるくらいの純情さが愛おしくて、今度はレイモンドが胸いっぱいになる。可愛くて不器用で、とにかく愛しい。

「たく、こんなムードのへったくれもねえ署内の廊下で言うなよな……そんなところがお前らしいって言うか」

「だって……っ。ずっと言わなきゃって。と、とにかく、返事はしたからな！」

「わかったわかった。こら、叩くなって。ここは叩くタイミングじゃねえだろ。寧ろ、キスだ」

照れ隠しに胸を叩くオリヴァーに応戦しようと、レイモンドがニッと笑みを浮かべると、恋人の唇に軽めのキスを落とした。不意を突かれて驚いたのかオリヴァーが急に大人しくなった。

「今の告白、一生忘れねえよ」

それでも尚照れ臭そうにするオリヴァーの頬にキスをしてやる。

「レイが思い出すたびに、場所が悪いってずっと言われそうだ」

「ああ、言うかもな。お前らしいってさ」

くつくつと笑って抱き締める腕に力を込めると、オリヴァーが首筋に頬ずりをしてきた。たったそれだけで、どことは言えない一か所が鋭く痺れてしまう。

「これからどうする？」

気恥ずかしげな上目遣いの瞳がたまらない。そんな目をされてしまったら、行く先は決まっている。

「とりあえず。小難しいことは一旦やめて、ベッドのある所へ」

「それよりも美味い飯のある所がいい」

「相変わらずだな、オリヴァー」

「了解」と手に手を取っていこうとした直後、ドアの向こうから課長の声が。

「休憩はいいけど、ちゃんと仕事してねー」

しっかりと聞かれていたことに今更気が付いて慌てた二人は、今度こそ手に手を取って走り出していた。

あとがき

こんにちは、はじめまして。鏡《かがみ》コノエです。

このたびは「翠眼《すいがん》の恋人《こいびと》と祝祭《しゅくさい》のファントム」をお手に取ってくださり、本当にありがとうございます。猛烈感謝です。


普段は巨猫の兄弟と、鍵尻尾の白黒美人猫ちゃんのお世話をせっせとしている者ですが、有り難いことにリンクスロマンス様でお仕事をさせていただけることになりました。

何本かプロットを提出した際、通ったら相当しんどいぞお…と密かに心配していたのがこの物語です。

最後まで残っていたもう一作はほんわか系で、本作より比較的愉しく書ける気がすると伝えてみたところ「いえ、こちらで！」と担当Tさんの躊躇ない一言によって、相当しんどい制作がはじまりました(笑)。


清々しいほどの即答をキメた担当Tさんとはプロットの段階から何度も話し合い、年末と正月明け早々何時間も設定でバトってみたりと大変御迷惑をおかけしました。

普段は癒やし系の可愛い声をした方なのに、とある瞬間からバトルモードに入るTさん。そのたびに「あああ！　今ドSスイッチ押しちゃったぁあ……！」とスマフォ越しにガクブルする私がおりました。多分三回ほど押しましたね。それも強めに。


余談も余談なのですが、初稿完成直後に人生ではじめて湯船で寝落ちというものを経験しました。

爆弾低気圧が荒ぶる秋から冬。一日原稿を書いて一日寝込んだりと、２０１８年後半は近年稀なほど気圧に影響されました。漸く書き上げたことへの疲労もあった、そんな中の初の湯船で寝落ち。

当然ながら寝入ったことに気付かなかったところでスマフォが鳴り、目を覚ましました。顔が湯船に浸かりかけていました。電話の主はTさん。

「原稿確かに受け取りました～。連絡が遅くなってすいませんっ」と、いつもの声。

「はーい。宜しくお願いします」と、私も短い返し。

メールで済む内容ではありますが、しかし今連絡をくれなかったらどうなっていたのか……と、全裸でスマフォを握りながら少し怖くなりました。

この件があって以来、私は密かに担当Tさんを命の恩人だと思っております。恩人と感謝しつつも、それから何度かドSスイッチを押すことになるのですが(汗)。冗談はさておき、へっぽこな私と真剣に向き合ってくださった担当Tさんには心から感謝しています。


イラストを手がけてくださった小山田《おやまだ》あみ先生！

キャラフを目にしたとき、「ああ！　レイモンドだ！　オリヴァーだ！　エドワードにリードも！　そうだ！　リードってこうだ！」とモニターの前で鳥肌を立てておりました。

自分の中でリードの顔がとにかく定まらず、書き終えても尚苦心していたところを、カチッと嵌めていただいた感じがしました。

頭の中で停滞していた雲が一気に晴れた、そんな爽快さと感動をいただきました。

モチーフを生かしてくださった美麗な表紙イラスト、そして口絵と、モニターにかぶりつきで見ながら喜びで何度吐息したかわかりません。本当にありがとうございます！

私がどれほど小山田先生を好きかと書けば、きっと引かれてしまうので、ぐっと堪えておりますが。前々から定期的にブログを拝見しておりました……！


そして編集部の皆様。校正様。M先生。支えてくれたお友達、K猫さん、みかんさん、まいこさん、柞原さん、なぎさんに感謝です。

久方振りのファンタジーということもあり苦労の多い原稿でしたが、０課のメンバーはとても書き易くて愉しかったです。
ボサ髪無精髭が大好きなあまり、うっかりするとレイモンドがおっさん臭くなりそうで、それだけ気を遣いました。また彼を、そしてオリヴァーを書けるといいなあと思います。
エドワードも大好きなので、彼の話も書いてみたいですね。
リードはとにかく大変で。彼が出てくるたびにうんうん唸っては頭を抱える作業が続きましたが、手のかかるキャラほど愛おしくなる……かもしれないなと、そうなってほしいな……と、ドＭの私は淡い期待をしております。

少々ホラー味があったり事件があったりな物語、愉しんでいただけるといいなあ。
御猫様たちのお世話をしつつ、そわそわしながら感想をお待ちしていますね。

なにより、またお会いできることを願っています。

令和元年五月　鏡コノエ

キャラクター・ヴィジュアル

レイモンド

オリヴァー

リード

エドワード

この本を読んでの
ご意見・ご感想を
お寄せ下さい。

〒151-0051
東京都渋谷区千駄ヶ谷4-9-7
(株)幻冬舎コミックス　リンクス編集部
「鏡《かがみ》コノエ先生」係／「小山田《おやまだ》あみ先生」係

リンクス ロマンス

翠眼《すいがん》の恋人と祝祭のファントム

2019年6月30日　第1刷発行

著者…………鏡《かがみ》コノエ
発行人…………石原正康
発行元…………株式会社　幻冬舎コミックス
〒151-0051　東京都渋谷区千駄ヶ谷4-9-7
TEL 03-5411-6431（編集）
発売元…………株式会社　幻冬舎
〒151-0051　東京都渋谷区千駄ヶ谷4-9-7
TEL 03-5411-6222（営業）
振替00120-8-767643
印刷・製本所…株式会社　光邦
検印廃止

ISBN978-4-344-84470-4 C0293
Printed in Japan

幻冬舎コミックスホームページ　http://www.gentosha-comics.net